Kerstin Hensel
Neunerlei

Kerstin Hensel

Neunerlei

Erzählungen

Gustav Kiepenheuer Verlag

Inhalt

Vogelgreif	7
Kaßberg	27
Neunerlei	32
Das Spiel der Billabohne	40
Im Rathaus	59
Der Graf am Tisch	63
Eva und Adam	69
Das Mittwochsmenü	74
Ausflug der Friseure	105
Lämmerdeern	109
Zurzach	115
Der Ring	125
Des Kaisers Rad	130
Stinopel	134
Achter Bahnfahrt	165

Vogelgreif

Bauer Pillings Hühner nähern sich dem Haus. Sie haben den Maschendraht unterscharrt, sich kratzfüßig vorangearbeitet, bis das entstandene Loch groß genug war. Ein Teil des Volkes bleibt zurück, es mag keine Exkursionen in die Nachbarschaft, oder ist einfach zu behäbig, um seine weißgefederten Leiber durch das Loch zu drücken. Die Hühner trappeln auf Dr. Graichens Haus zu, gurren am Gartenzaun entlang und beginnen, eins nach dem anderen, das breitlattige Tor zu erobern. Sie picken in den sorgsam angelegten Beeten, kratzen zwischen den Betonplatten des Weges, verheddern sich im Schuhrost.

Dr. Graichens Haus befindet sich im sächsischen Ottendorf, nahe der Stadt Mittweida. Ein stilles, unbesuchbares Haus mit hellem Flachdach und großzügig gehaltenen Räumen. Zweimal war es erbaut worden über demselben Keller, in dem Paul Graichen zu seinem Ende kam.

Im Garten gedeihen übliche Obstsorten, das Gras ist kurz, die Hecke im Erziehungsschnitt gehalten. Dennoch läßt nichts die Leidenschaft der Gärtnerei erkennen. Es fehlt beinah an jeglichen Blumen. Einzig die wildwachsende Königskerze und nuttig rankende Wikken lockern das Bild auf – beträte ein Fremder den Garten, übersähe er ihn in kurzem Augenblick. Nichts ließe Erkundungen zu, Entdeckungen fänden beim Gemeinen Kornapfel ihr Ende. Aber es gibt keine Fremden, die den Garten des Dr. Graichen betreten, ausgenommen erwähnte Hühner, denen es naturgemäß an Anstand gebricht. Sie scharren unter den Bäumen und flattern zwischen die Hecken. Frei im Laufe gelassen, glauben sie sich aus der Ruhe gerissen, ihre tuckende Tätigkeit abgelöst von hühnerhafter Panik – die roten Kämme der Weißen Leghorn gehen hoch. Sie finden sich betrogen, bösartig entrissen aus ihrer Vergatterung. Sie proben den Aufstand, indem sie Federn lassen und ihre Kröpfe zum Anschwellen bringen.

In das Gegacker hinein tritt ein Mädchen.

Katinka kommt aus dem Keller. Sie zerrt einen alten Puppenwagen mit sich, ein helles Korbgefährt mit rosa Deckchen und Kissen. Sie stellt es auf den Rasen und hascht die Hühner. Kh-kh-kh! lacht sie, klatscht in die Hände und bringt das Leghornvolk in völlige Raserei. Die Hennen stürzen durch den Garten. Sie brechen in Johannis- und Brombeergebüsch und zetern. Katinka fängt ein paar von ihnen, verfrachtet sie in den Wagen und deckt alles mit der rosa Decke zu. Das Geflügel gerät außer sich. Die derart Festgeschnallten brüllen, beschmutzen mit Krallen und After den Kinderwagen, welchen Katinka nun sacht vor sich herschiebt. Eiapopeia, was raschelt im Stroh, das is d'r dumme Heinrisch, der macht sich dort froh! – Katinka rennt durch den Garten, um die Obstbäume herum, durch die Wikkenwand, eiapopeia, der alte Wagen quietscht und holpert, die Ladung greint, ruhig, liebe Kinder, popeia popeia, die Mama fährt euch spazieren, so weit ihr wollt, die Mama ist doch die einzig lebendige, gackgackgack, eiverbibbch, das springt übers Gras! Pscht, Kinder, gleich ist das alles vorbei, die Mama fährt euch ja nur, die hat euch doch lieb, die gibt euch von der einzigen Suppe was ab!

Die Hennen brechen aus. Mit letzter Kraft stürzen sie sich aus dem fahrenden Wagen, fallen auf den Rasen und tacken langsam und verdrehten Kopfes davon. Das Feld wird gesäubert, indem Marianne an der Tür erscheint. Katinkas Mutter, die Frau von Dr. Graichen. Sie hat den blaurot karierten Rock an, der die Knie bedeckt, und eine bis zum Hals geknöpfte Bluse, die alle Artigkeit der Welt, vor allem der vergangenen Jahrhunderte, verkörpert. Frau Marianne betritt den Garten wie einen Sumpf. Stumm klaubt sie die umhergeflogenen Federn auf, steckt sie wie einen Strauß Blumen in ihre linke Hand und macht sich auf den Weg zum Bauern Pilling.

Als der Garten wieder frei von Hühnern ist, leckt Katinka die Schürfwunden an ihren Händen. Scharfkrallig ist die Weiße Leghorn gewesen, aufmüpfig und kriegerisch! Aber Katinka hat sie lieb. Sie würde ihnen von sich, von der einzigen Suppe abgeben. Ihre Mutter zieht sie, ohne ein Wort zu sagen, in die Küche, betupft Hände und Knie mit Sepso und singt dabei hell und böse: Hhmm! Hhmm-hhmm!

Um die Mittagszeit kommt auch Dr. Graichen aus seiner Praxis. Dreimal wöchentlich hält er Sprechstunde in der Städtischen Mittweidaer Poliklinik, zweimal betreut er die Ottendorfer in einer Zusatzstelle. Er kehrt vom Dienst heim und erweckt jedesmal den Anschein vollkommener Unverbrauchtheit. Sein nur noch mit einem Haarkranz bedeckter Kopf zeigt nahezu keine Falten. Gerhard Graichen ist gut genährt, nicht adipös, klein, untersetzt und mit leichtem X-Bein. Sein Fach: die Allgemeinmedizin. Er arbeitet stetig und ohne müde zu werden. Er mag die Medizin nicht, und er haßt sie nicht.

Arzt war er geworden, weil Marianne es so wollte. Sie hatten sich früh kennengelernt, mit siebzehn in der Oberschule. Marianne sagte: Ich träum davon. Gerhard erfüllte ihr den Traum, strebte, studierte dann und bestand das Praktikum. Er erbte das elterliche Haus, nachdem es das zweite Mal entstanden war. Er schloß das Studium mit Genügend ab, bündelte am letzten Tag alle Fachbücher und lateinischen Aufzeichnungen und warf sie ins Feuer. In kühnen Wünschen hatte er Forschung betrieben, in weniger kühnen war er Oberarzt in der Bezirksklinik für Chirurgie; am Tag betreute er aber die Mittweidaer und Ottendorfer Bürger. Sie dankten es ihm. Ihre Wunden waren Bagatellen, die Toten natürlichen Todes gestorben. Dr. Graichen täfelte innen das Haus, bestellte Rustikales beim Tischler und setzte einen unüberwindbaren Zaun. Alles, wie es kam, kam von Marianne.

Sie sagte:

Träum nich, Gerhardtth! Und: Du kommst hier gleich nach dem Bürschermeister. – Immer, wenn Gerhard, aus irgendeinem Grunde betrübt, die Küche verließ, summte Marianne ihr helles böses Lied: Hhmm! Hhmmhhmm! Die katholische Strenge, welche sie als Erbe angenommen hatte, versetzte das Haus in atemlose Vornehmheit. Sie war es auch, die einen doppelten Boden zwischen Keller und Wohnräumen forderte. Der Keller war es, der Gerhard außer sich brachte.

Marianne zeigt ihm Katinkas Hände. Das Mädchen wehrt sich, reißt sich aus der mütterlichen Sorgfalt und läuft in ihr Zimmer nach oben. Dort weint sie. Das lange, verzottelte Haar fängt alles auf. – Fragst du mich, wer die Hände geschlaatzt hat? will von ihrem Mann Marianne wissen. Der Doktor seufzt und läßt sich schwer auf die Küchenbank nieder. Das Rustikale beruhigt ihn. Er fühlt sich mitunter bäuerlich. Marianne aber lehnt alles ab. Du solltest sie mal fragen, die hat mit Hühnern gespielt! Die spielt mit vierzehn Jahren mit Hühnern! – Marianne spricht leise, ohne Schärfe, nur das Vibrato ihrer Stimme jagt dem Manne jedesmal einen Schauer über den Rücken. Er zuckt zusammen und geht, Katinka zum Essen zu holen.

Dr. Gerhard Graichen besitzt im Keller einen Raum. Dieser gilt als Resultat seines einzigen stattgehabten Kampfes gegen die Frau, welcher in bitterer Not und mit dem Einsatz aller dem Doktor möglichen Kräfte verlaufen war. Er hatte sich ihn ertrutzt, nach zehn Jahren Ehe. Die ohnehin kleinen Leidenschaften seiner Träume von Forschung oder beruflichem Aufstieg wußte Marianne in ihrer Artigkeit zu besänftigen. Sie rechnete dem Mann fachmännisch und penibel vor: die Unbegabtheit seines Geistes, Größe zu erreichen; seine Langatmigkeit im Herausfinden von Diagnosen; das Baby-Gesicht mit fünfzig Jahren! Sie verwies ihn auf die Pflichten, die er als Arzt hat, dazusein für die Bürger, beliebt und immer bereit.

In Küche und Wohnzimmer, zwischen dem Rustikalen, sammelte sich nie Staub, dafür sorgte Marianne. Als Katinka zur Welt kam, änderte sich nichts im Hause. Nur war sie der erste Besuch, der erste und der letzte, wie Marianne behauptete. Nach zehn Jahren bezog Gerhard den Raum im Keller, nahm einige Tage das ununterbrochene böse Summen seiner Frau in Kauf, die abendlichen Auseinandersetzungen, welche leise verliefen. Gerhard Graichen erbaute im Keller eine Modelleisenbahn.

Er brachte es von einer simplen Achterkurve allmählich bis hin zu einem ausgedehnten Netz des Fernverkehrs. Das Brett von beinahe 15 Quadratmeter zeigte des Doktors Weltfahrten. Der Doktor bediente das Steuerpult und ließ Güter- und Personenwagen rollen, Ampeln und Weichen stellen. Almsdorf und Katzgrün entstanden aus Sperrholz und Farbe. Kienspanwälder wuchsen aus chirurgischem Feingefühl über das Land. Gerhard bastelte, schnitzte und hobelte, klebte zusammen und stellte auf. Täglich entfesselte er sich für zwei Stunden von Marianne und dem Kind und barg sich im Keller bei der Eisenbahn. Mariannes Lied stumpfte nie ab. Die Stunden der Versenkung ihres Mannes verbrachte sie mit scharfem Summen. Katinka, die Tochter, aber wuchs auf und hatte ein schönes Gesicht. Und sie ward blöd.

Dr. Graichen bettelt nicht lange. Er fordert Katinka auf, nach unten zu kommen zum Essen. Das Mädchen sperrt sich. Es trottet im Zimmer, wirft Kleider und Decken umher und will nichts hören, nichts tun. Der Doktor steigt erfolglos nach unten. Er mag nicht tätlich werden. Er kennt das Weinen Kh-kh-kh! nur allzu gut. Abends dann wird sich Katinka über den Kühlschrank hermachen, tiefnachts mitunter, wenn Ottendorf im Schlaf liegt. Dann schleicht sie umher und geht an Wurst und Käse. Auch nippt sie vom Bier oder beißt den Zipfel der Milchtüte ab. Sie sättigt und begibt sich danach wieder in ihr Zimmer, um zu lesen. Bücher über Bücher besitzt Katinka: tagsüber baut sie Türme aus ihnen, nachts liest sie darin. Wenn Frühlicht ins Zimmer fällt, werden die Bücher Schutzwälle gegen Kanonaden aus Küche und elterlichem Schlafzimmer. Cicero und Rabelais geben Feuerschutz; Erasmus von Rotterdam und Lukrez halten das Seitenfeuer ab – kh-kh-kh! – Katinka liegt auf dem Bauch und stellt Buch an Buch, all die süßen und gewandten Philosophen der Vorwelt, die großen, entsagungsvollen Dichter, die in Wonne endeten oder im Wahnsinn. Sie hat sich alles erbettelt und erstohlen. Der Lehrer in der Sonderschule teilt mit, sie besäße ein überstrapaziertes Teil vom Gehirn. Rechnen konnte Katinka nicht. Sie buchstabierte noch im vierten Schuljahr die Fibel, Latein beherrschte sie aus dem Stand. Sie konnte Montaigne zitieren: *Was soll uns die Kenntnis der Dinge, wenn wir dadurch nur feige werden? Wenn wir dadurch die Ruhe und Gelassenheit verlieren, worin wir uns ohne sie befinden würden?* – Das Mädchen wurde verwahrt. Sie sprach mit glasiger Stimme, schrill und unappetitlich.

Die Bücher fangen alle Angriffe ab, der Doktor und seine Frau belassen Katinka und sperren das Haus.

Im Juli 43 gab es nur noch den Keller. Ein einziges Flugzeug war über Ottendorf geflogen und hatte eine einzige Bombe über Chemnitz vergessen gehabt. Und diese eine Bombe fiel in Paul Graichens Haus, zufällig, vom Kurs abgewichen. An jenem Sonntag, an dem die Familie auf ein Ringel, wie sie den Spaziergang durchs Dorf nannten, fort gewesen war. Ein einziges Lebewesen blieb im Haus. Ufa, die Schildkröte. Und es gab darum auch nur einen Toten. Aus den Trümmern wurde Ufa herausgeholt mit zwei fingergroßen Stück Fensterscheibe quer im Panzer. Vater Paul, Kuhbauer und Schlosser, nahm die blutende Ufa unter sein Hemd und verzog sich in die Tiefe. Während die Familie – sie bestand aus Frau Irma und ihrer Schwester Hedwig sowie

Klein Gerhard – Steine klopfte und zum zweiten Mal das Haus errichtete, hockte Paul Graichen im Keller. Der kleine Gerhard ningelte zwischendrein und tappte hilflos über Schutt und Geröll. Paul hatte sich verbarrikadiert und rührte keinen Finger. Er hatte die einzige Liebe unterm Hemd, wußte man und drosch gegen Tür und Wände. Komm raus, Vater, wir schaffen das nich! – Irma fuhrwerkte mit Tante Hedwig herum, Gerhard litt als erster Hunger und bläkte bald. Der Vater war nicht herauszuholen. Er hatte sich eingekellert und verlebte die letzte Zeit des Krieges unter Tage. Über ihm entstand das Haus neu. Das Satteldach mußte einem Flachdach weichen; der Oberboden wurde eingezogen. Spinnen und Schnaken flüchteten in die Stadt, denn den Boden gab es nicht mehr, und der Keller war reserviert. Nach einem Jahr, als die Familie Vater Paul längst aufgegeben und jenseits gesehen hatte, beschloß man, den Keller aufzubrechen. Einerseits trieb der Hunger dazu (der Keller barg mehrere Dutzend Gläser Kompott und Gurken), andererseits machte der ständige Gedanke an Vaters Knochengerüst das Wohnen im Haus unangenehm. Der Junge Gerhard wurde mit der Verheißung Kompott zum Fernestehen vergattert: er sollte seinen Vater lebendig in Erinnerung behalten, hatte ihn doch der Schmerz um Ufa bereits seiner kindlichen Sinne beraubt. Gespannt verfolgte er vom Zaun aus das Eindringen seiner Mutter und Tante Hedwig in den geheimnisvollen Schacht. Die Tante hatte sich ein Tuch mit Kölnischwasser vor die Nase gebunden, Mutter zeigte sich beherrschter, obgleich die drahtige Angespanntheit ihres Körpers Angst und Ekel gleichermaßen verrieten. Sie stemmte also die Tür auf, während Tante Hedwig in Tränen ausbrach und in Vorangst eines grauenvollen Anblicks schlotterte. Die beiden Frauen liefen nun gebückt durch den feuchten kalten Kellergang. Sie gelangten zum Lattenverschlag, hinter dem Paul liegen mußte. Hedwig sog den Kölnischwassergeruch tiefer ein, schniefte unablässig: PaulPaulPaul, mein Bruder! Mutter aber stieß voran: sie brach die Latten, kroch durch die entstandene Lücke und hatte Paul voll im Sichtfeld. Aber das waren keine Knochen. Paul saß lebendig, den Wintermantel über seine Schultern gelegt, und löffelte. Er hockte rücklings zu den Frauen und aß. Mit einer Holzkelle oder der hohlen Hand. Aus einer alten Büchse. Hedwig heulte auf, wünschte dann, dem Bruder nach einem Jahr Abwesenheit um den Hals zu fallen – aber Irma zog sie zurück. Paul! Sie trat energisch an ihren Mann heran. Paul! Aber Paul hörte nicht, er löffelte nur hastiger und verdeckte mit dem Mantelärmel das Gericht. Die Mutter machte sich von hinten an ihn: Hoch, du! Das ganze Jahr läßte uns rammeln, jetzt biste nichma tot! – Vater Paul wankte und ließ die Büchse fallen. Köstliches versickerte zwischen den Ziegeln. Tante Hedwig bückte sich und hielt etwas in die Höhe. Den Panzer Ufas, der aufgesprengt dagelegen hatte. Nunmehr packte die Mutter heißester Zorn. Vereint mit Tante Hedwig hob sie die Hülle der toten Schildkröte in die Höhe und ließ sie auf den Schädel Pauls krachen. Dieser brach sofort, Blut und Wasser gingen in Strömen ab. Paul Graichen starb im Sommer 1944 an der familiären Panzerfaust. Die Leiche des Vaters wurde beigesetzt, der Keller versiegelt. Der Junge Gerhard bekam kein Kompott, das hinterließ in ihm alle Bitternis der Jahre. Im Müllkasten fand er eines Tages die Scherben von Ufas Umhüllung. Er nahm sie an sich und bewahrte sie in Zigarrenschachteln auf. Er wußte, daß das ganze Leben ein Hunger war, und sein Vater hatte sich heimlich über den Tod gelöffelt.

Der Doktor und seine Frau essen allein. Marianne kocht mild und gesund. Auf dem rustikalen Küchentisch stehen Salat, Kochfisch und Äpfel. Es wird schlimmer mit ihr, sagt Marianne. Der Doktor zerlegt den Kabeljau, träufelt Butter und Zitrone darüber und ißt schweigend. In Gedanken läßt er Züge rollen, 13 Lokomotiven und 30 Waggons. Mit 12 Weichen erschließt sich im Keller die Welt. Gerhard Graichen verweigert den Salat und steigt treppab. Marianne knöpft den letzten Knopf ihrer Bluse und summt böse, während sie die Gräten in Papier wickelt und den Fischsud ins Klo kippt.

In der oberen Etage geht Katinka zum Fenster hinaus. Sie hangelt sich am Blitzableiter hinab, schürft dabei Knie und Arme auf und landet schließlich im Gras. Sie nimmt gern diesen Weg. Und ihr Weg führt in den Wald. Wenn Katinka läuft, läuft sie im Spurt. Als wäre sie ein Objekt der Hatz, wirft sie die Beine, schleudert Arme und Oberkörper und erreicht durchschwitzt ihr Ziel. Es sind die Pilze. Die schönen hellen, die blutorangefarbenen mit den weißen Zuckerperlen obenauf. Katinka läßt sich nieder. Über ihr stoßen die Wipfel der Bäume zusammen. In beiden Händen hält sie Pilze, und gewettet hat sie mit der Eule. Bubo-Bubo hockt in der höchsten Kiefer und nimmt schläfrig die Bedingungen entgegen. Ich beiß ab und du schenkst mir dein Kleid! – Der Vogel scheint einverstanden. Er sitzt mit hochgestellten Federohren und zusammengekniffenen Augen und wartet auf die Nacht. Er kennt das komische Tier mit den Fliegenpilzen, das auf seine weise Ruhe scharf ist. Jetzt leckt Katinka den Zucker ab. Er schmeckt nach Nuß und macht die Zunge stumpf. Die Eule dreht ein wenig den Kopf und plustert sich. Sie darf die Wette nicht verlieren – das Mädchen knabbert sich an den Tod heran, es will dem Vogel das Leben nehmen, seine herrliche Gleichgültigkeit! Aber Katinka liegt und lacht in die Wipfel, die wie gotische Kreuzbögen über ihr stehen. Sie nimmt Stücke vom Fliegenpilz zwischen Zunge und Unterkiefer. Schon schlägt die Eule mit den Flügeln und schwebt abwärts. Sie wird nie scharf, nie ausfällig. Katinka füllt sich mit Waldfrüchten, bevor sie heimwärts trottet, sich in Cicero und Montaigne vergräbt und zum Essen rufen läßt, obwohl sie doch satt ist.

Das Haus von Dr. Graichen wird nicht gemieden und nicht begehrt. Daß es kein Fremder je von innen gesehen hat, mag Zufall sein oder hat Ursache in der Ehrfurcht vor so viel Noblesse und Anstand. Es ist das Doktorhaus, und Doktors laden niemals ein. Obwohl Gerhard Graichen beliebt ist, obwohl er alle leichten Fälle von Nierenkolik und verstauchtem Knöchel ambulant beherrscht. Obwohl er freundliche Worte findet, obwohl er ... Marianne mag keine Gäste. Immer setzt das Rustikale Staub an, täglich, man könnte verrückt werden vor lauter Staub. Und immer wirft der Teppich Falten beim Laufen, und immer sind die Augen von Gästen so furchtbar prüfend: Und würden sie gar die Tochter Katinka erblicken, hätte das Haus zum zweiten Mal seinen Ruf weg: Dusselgrube! Marianne hält die Luft an bei dem Gedanken, jemand könnte auf die Idee kommen, einmal Garten und Haus zu betreten. Das Ereignis mit Bauer Pillings Hühnern war ihr ein Zeichen. Sie geht mit dem Lappen über die Möbel und zieht mehrmals am Tag den Teppich glatt. Sie ruft zur Essenszeit nach Katinka und lüftet ihr Zimmer. Das Kh-kh-kh! martert sie. Das Mädchen schießt es hinter den Bücherbarrikaden hervor. Ihre Salven durchlöchern die Mutter und alles Mobiliar. Es sind Wein- und Lachkanonaden, Katinka zerschlaatzt sich oder heult Hundewetter. Wenn Bauer Pilling außer Haus ist, erhofft sie das Schönste. Sie lauert hinter ihrem Fenster auf Ausbruch, Aktion Weiße Leghorn. Es ist vorgekommen, daß Bubo-Bubo sich eines zum Fraß holte, nächtens, als Ottendorf sich gerade aus der Welt schlief.

Immer geschieht das Unheil während der Mahlzeiten. Es kommt von der Straße herauf und nistet sich ein zwischen Teller und Töpfe. Marianne hat Frikassee gekocht, sämig abgezogen mit Ei und Mehl. Kapern, Muskat und Liebstock würzen das Mahl auf. Dazu gibt es Püree mit wenig Butter. Der Doktor löffelt schwer. Frikassee glättet die Haut, behauptet Marianne. Heimlich bemüht sich Gerhard, die Stirn in Falten, ergo den Streß eines Oberarztes an den Tag zu legen – allein: sein Weib kocht allzu umsichtig, und der Oberarzttitel läßt eine Ewigkeit auf sich warten. Wie immer essen sie allein. Katinka hatten sie gerufen, ciceronische Schrotsalven waren die Antwort gewesen. Während das Frikassee Schwaden abgibt und Duft verbreitet, ist Katinka längst auf und davon.

Als das Kompott aufgetischt wird, schrillt die Klingel, poltert es vor dem Tor, fährt Marianne wie vom Blitz getroffen zusammen. Der Doktor eilt sogleich nach draußen. Immer hat er freundliche Worte parat, also kann er das Furchtbare aufhalten, bevor es über die Schwelle tritt. Zwei Fremde zeigen Katinka, die in ihren Armen liegt. Ein junger, in helles Jersey gekleideter Mann stellt sich mit Herr Fred vor; die ebenfalls junge, sommerlich betuchte Frau mit Belinde. Da stehen sie, ungemein fremd, seit langem gefürchtet, und bitten um Einlaß, weil nämlich etwas ihnen anhängt: Katinka, gefunden im Wald, geteert und gefedert. Das Mädchen lallt Bubo-Bubo, indem der Speichel zwischen den Lippen zähe Blasen wirft. Sie hängt rücklings von den Armen der Fremden herab, den Totalsieg in der Tasche. Dr. Graichen bittet die Fremden einzutreten. Marianne fährt ihm ins Wort: Wir essen gerade! Der junge Mann namens Fred geht voran. Er legt das schlammige Bündel Katinka in die Küche, klaubt sich kleine braune Federn vom Hemd und hofft auf Belohnung. Belinde steht neben ihm. Durch das Schleppen des Findlings ist ihr die Bluse verrutscht und läßt den Bauch frei. Der Doktor guckt einen Moment, Mariannes Ruf Gerhardtth! löst seinen Schrecken. Er beugt sich über die Tochter. Katinka hält nun den Mund geschlossen, krampft Kiefer und Hände und riecht nußartig gut. Salzwasser! fordert der Doktor. Sein Schrecken schrumpft nach dem Diagnostizieren des Falles auf ambulante Größe zusammen. Es wird immer schlimmer mit ihr, jammert Marianne und rührt warme Salzlösung an. Fred und Belinde sitzen am Küchentisch. Auf dem kalt gewordenen Frikassee hat sich Haut gebildet. Butteraugen schimmern gelb durch und machen den Fremden Appetit. Der Doktor stemmt mit dem Löffelstiel Katinkas Zähne auseinander, um Salzwasser in den Mund zu gießen. Das Mädchen würgt es aus. Es erwacht zu neuem Leben. Zuviel Zucker, lacht Katinka, nachdem sie wieder vollends lebendig in ihrem Schlamm sitzt. Bubo-Bubos Federn stehen an ihr ab wie kleine Ohren. Die Retter sind froh, das

Rechte getan zu haben. Sie spekulieren auf die Reste im Topf, während Marianne blaß wie Hühnerfleisch nach Lappen und Eimer geht. Der Doktor beordert Katinka, sich hinzulegen, um die Reste des Alkaloids aus dem Körper zu verbannen. Er schüttelt traurig den Kopf über soviel Unglück und streicht der Tochter das zottelig langgewachsene Haar. Katinka springt wie unter einem Schlag auf: usus efficacissimus rerum omnium magister! zitiert sie glühenden Auges. Der Doktor, des Lateinischen durch die rigorose Verbrennung seiner Bücher unkundig geworden, ist getroffen. Mochte er auch jenen hinterhältigen Satz nicht auf das eben Geschehene hin zu deuten, so bezog er den Angriff der Tochter jedoch auf sich. Gerhardtth! Marianne reißt ihn wieder heraus. Von der Hühnerblässe ist ihre Gesichtsfarbe in fades Rosé gewechselt.

Inzwischen hat sich Fred erhoben, Belinde untergefaßt und ist bereit für den Abschied. Aber bleiben Sie doch, ruft der Doktor und wirbelt ein klein wenig Staub auf in der Küche. Bleiben Sie doch zum Frikassee! – Und Marianne fährt dazwischen: Ich weiß nicht, ob das die Leute wollen! – Aber die Leute wollen nun doch, die Mittagszeit ist vorüber, Hunger übermächtig, ein Lohn redlich verdient. Marianne gibt den Topf zum Aufwärmen in die Röhre. Sie faucht vor sich hin, sie rastet aus, bei der Anmaßung der Fremden. Der Doktor, um vom lateinischen Schlag seiner Tochter abzulenken und um die neue Situation voll zu genießen, macht den Gästen ein Angebot: Bleiben! Bis zum Abend oder bis zum Einbruch der Nacht ... man wäre ja Dank schuldig. Belinde rückt die Bluse über ihrem Bauch zurecht. Fred beginnt von einer Reise zu berichten, die beide hinter sich haben: Gebirgswanderung mit ornithologischen

Zielen, betreffend vor allem die Gattung der heimischen Raubvögel und die ebenfalls Wirbeltiere jagenden Eulen. Spezielle Strecke dieser Beobachtungen wäre das Greifverhalten von Habichten und Neuweltgeiern gewesen, die im Erzgebirge aufgrund der zunehmenden Nadelbaumentlaubung durch Abgase rapide abnehmen... Fred doziert sich hungrig. Belinde zeigt Aufzeichnungen vor: Blätter voller Greiffüße und Hakenschnäbel. Marianne rührt im Topf die Haut unter das Frikassee und verdünnt mit Wasser, bevor sie für alle austeilt. Bitter sitzt sie danach am Tisch. Die Gäste essen gewaltig. Belinde hat Lust, Salz zu verlangen, bezwingt sich und ißt sich satt. Gerhard fragt nach: Wer und was es sei, dem die Vögel, hierzulande im Erzgebirge, zum Opfer fielen. Fred schwitzt während des Essens. Er zieht seine Jerseyjacke aus und beschreibt mit den Gesten seiner schönen muskulösen Arme: Mäuse, Ratten, Kaninchen, Kitze, Frischlinge, gelegentlich Hühner. Marianne schlägt auf den Tisch. Sie schlägt milde, ohne Pfeffer, aber voller katholischem Ingrimm: Hühner! Das fehlt noch: Gemetzel zwischen Habicht und Huhn im eigenen Garten! – Am interessantesten aber sind die Eulen, versucht Belinde das Thema zu verändern, der Uhu wird hierzulande bis siebzig Zentimeter groß, im Gegensatz zu anderen Greifvögeln sind seine Augen ... Hm-hm-hm! summt Marianne, und ihre Töne zerschneiden die Luft. Sie macht sich an den Abwasch. Der Doktor errötet, gibt vor, nach dem Kind sehen zu müssen, und verläßt die Küche. Es folgt ihm jemand hinaus. Belinde, das helle junge Mädchen, das Krallen und Schnäbel zeichnen kann und das einen muntern Blick hat, wenn es keine Mehlsoßen essen muß. Der Doktor, während ihm für Sekunden der Herzschlag aus der Bahn gerät, bittet Belinde, hinunter in den Keller zu gehen. Noch an der Tür ruft Marianne ihr: Ich weiß nicht, ob … Fred bleibt in der Küche. Er lehnt sich gegen den Abwaschschrank und schaut der Hausfrau zu.

In der oberen Etage sielt sich Katinka in ihrer Folter. Bubo-Bubo hat ganzes Werk getan: die stoische Ruhe klebt nun an dem Mädchen, die ihre Bücher zu ordnen beginnt, an jenem Abend, an dem das Haus überfüllt bleibt.

Der Keller ist mit drei Schichten Kalk geweißt. Die Modelleisenbahn nimmt mehr als die Hälfte der Grundfläche ein. Alles Kompott ist aus dem Keller verbannt, obwohl es der Doktor geradezu süchtig begehrt und imstande ist, täglich mehrere Gläser davon zu essen. Der Keller aber verweigert sich, Gläser zu fassen. Binnen kürzester Zeit nämlich, nachdem Marianne die eingeweckten Birnen, Apfelstückchen und Johannisbeeren in der Tiefe abgelagert hat, heben sich die Deckel, wird der Inhalt sauer, wirft er Bläschen und kommt hoch. Der Keller öffnet ausnahmslos alle Gläser, macht das Haltbargemachte verderblich. Seit einigen Jahren bestückt Marianne darum die Speisekammer, welche für Gerhard tabu bleibt.

Der Doktor schwitzt an den Händen. Belinde verharrt hinter ihm. Auf dem Gang nach unten hat sie wieder von heimischen Greifvögeln berichtet, hell plappernd und gelehrt. Vom Moment der Beutesicht an bis hin zum gezielten Angriff. Gerhard Graichen öffnet mit einem Sicherheitsschlüssel die Tür. Das prächtige Modell der Eisenbahngeleise ersteht vor Belinde. Ob der Keller Fledermäuse beherberge, will das Mädchen wissen. Der Doktor setzt seine Welt in Gang. Leise surren die Züge über das Schienennetz, verschwinden in Tunnels, tauchen anderswo wieder auf. Dörfer und Viehweiden hat Gerhard Graichen erbaut, Abfahrt und Ankunft der Züge festgelegt. Es ist ein Reisen und Verladen ohnegleichen. Im Raum steht die Berufung zum Oberbahnwärter. Der Doktor hebt die Kelle und pfeift zur Abfahrt. Alles ist in Bewegung. Jegliches kehrt zu seinem Ausgangspunkt zurück. Belinde steht hinter ihm. Sie will alles über Fledermäuse erzählen, sie weiß von Vampiren, einer Unterart des subtropischen Amerika, zu berichten, die, obwohl nicht der Gattung der Greifvögel zugehörend, ihre Opfer unter den Warmblütern finden… Der Doktor dreht den Strom um eine Stufe höher. Das zarte Rattern der Eisenbahnen wird hektisch, in den Holzhäuschen erglimmen Lichter, das ganze kleine Land beginnt zu rasen. Der Doktor dreht den Schaltknopf bis zum Anschlag, der Fahrplan gerät außer Kurs; wer weiß schon, ob es in diesem Keller Fledermäuse gibt, kompottfressende Flattertiere; wer weiß schon, daß Gerhard Graichen hier sein Glück fahren läßt. Belinde krallt sich (bei ihm) fest, seitlich, sie sieht gebannt die verrückt gewordenen Züge, die sich haarscharf an den Kreuzungen schneiden, die nicht anhalten wollen, die… Der Doktor schaltet um. Belindes Hand bohrt sich in seine Hüfte. Zwei Güterzüge kollidieren mit Funkenflug. Den Personenzügen entgleisen die Hänger. Sie rutschen quer auf der Schiene, und mit Wucht fährt eine Kohlelore hinein. Die Kopplungen brechen, es knistert – der folgende Kurzschluß läßt das Land und das Licht im Keller verlöschen und die Türen zuschlagen. Der Sicherheitsschlüssel für draußen ist unauffindbar. Das Modell liegt im Dunkeln. Per Echolot verständigen sich die Nachtaktiven, während Marianne in der Küche Salat schneidet.

Sie häufelt Tomaten, Paprika, Zwiebel, Lauch und Radieschen neben ein großes Schneidebrett und schärft am Wetzstahl das Küchenmesser. Am Tisch lehnt Fred, still feixend und neugierig. Es war kein Wort gefallen zwischen beiden, seit der Doktor mit Belinde im Keller verschwunden ist. Über ihnen, Katinka, hat ihre Waffen stillgelegt. Sie mäßigt sich, hat sich beherrscht, der Stille des Hauses angepaßt. Sie, der Plaatsch von Ottendorf, hört auf, aus Büchern zu schießen. Marianne schneidet mit scharfem Messer und flinken Händen. Rack-kh-kh-kh – macht es auf dem Brett. Kh-kh-kh! alles in feine schmale Streifen, die Tomaten, Zwiebeln, Paprika … Fred guckt nur, steht nur. Marianne schneidet und schneidet, rack-kh-kh. Ihre Augen fassen die Finger des Gastes, die spitze Nase, rack-kh-kh, das Messer geht wie ein Wiegewerk, alles wird fein scharf Salat. Tomate Paprika Nase Zwiebel Finger Lauch, Marianne füllt die Schüssel auf und kann nicht genug bekommen. Es ist Nacht geworden und der Salat mild mit Sonnenblumenöl und Joghurt gewürzt. Fred hat Lust, vom Salat zu kosten oder der Hausfrau ein Wort zu entlocken, eine kleine höfliche Geste, weil er doch fremd hier ist. Marianne steht in ihrer festen katholischen Bluse vor der Schüssel Salat und erlöst nach drei Stunden Schweigen die Stille: Gerhardtth!

Das Haus bleibt ruhig. Weder von unten noch von oben kommt eine Antwort. Marianne wiederholt den Ruf. Da erscheint das Mädchen Katinka, normal geworden, süß und schnippisch. Sie will zu Abend essen. Siegerin über das Gift. Katinka greift in den Salat und schnurpst. Sie fragt nach Papa. Der sei sonstwo, antwortet Marianne. Fred berichtigt: Im Keller. – Katinka blickt Fred von oben bis unten an: Na, der muß doch zum Essen kommen. – Das Mädchen futtert die halbe Schüssel leer, dann stößt es zwiebelig auf und gähnt. Bring mich in den Keller, bittet Fred, dem der Appetit vergangen ist. – O ja, gibt es freundlich zur Antwort und eilt voraus. Die Küchentür fällt ins Schloß, und durchs Haus ist Mariannes böses Summen zu hören, hm-hm-hm!, sie schneidet abermals Zwiebeln Tomaten Paprika Lauch, sie schneidet und schneidet, was immer ihr in die Hände gerät.

Fred und Katinka finden den Keller ohne Licht und die Tür zu Vaters Modellbahn geschlossen. Im Dunkeln rütteln sie an der Klinke, nichts bewegt sich, kein Ton hinter der Tür. Es gibt keinen weiteren Schlüssel, sagt Katinka, bevor Fred anfängt zu fragen. Wir müssen aufbrechen! Fred weiß Rat, muß Rat wissen, weil es um seine Belinde geht. Das Mädchen fährt beim Wort Aufbrechen zusammen, als hätte sie etwas Scharfes, vom Kurs Abgekommenes, getroffen. Sie tastet nach dem Fremden, begreift den Jersey, das Hemd, geht unter die Stoffe. Fred bleibt atemlos. Es ist so dunkel, als wäre alles Licht der Welt eingeweckt worden, zugeblitzt in Rillengläsern, auf Vorrat haltbar gemacht. Katinka weiß Sehr gut zu sagen, sie hat die Ruhe in den Fingern, alle Weisheit Bubo-Bubos an sich. Fred, der starke schöne Arme hat und so junge männliche Haut, hebt das Mädchen von sich. Er pflückt es von seiner Haut, stellt es ab und rüttelt abermals an der Kellertür.

Katinka steigt nach oben ins Haus. Sie hat zu bluten begonnen, aus dem feinen Riß heraus. Fred aber rüttelt den Keller nach Belinde und dem Doktor ab.
Noch in derselben Nacht wird das Mädchen Katinka gesichtet. Von der höchsten Fichte des Ottendorfer Waldes aus. Katinka steht im nächtlichen Garten, neben

dem Gemeinen Kornapfelbaum. Bauer Pillings Hühner schlafen. Sie ist ganz ruhig, in sich gewendet. Alle Bewegung erstarrt. Sie schreit nicht einmal, als das große Tier lautlos durch die Luft herunterkommt, Beine und Krallen seitlich nach vorn streckt, sie von hinten an Rücken und Oberschenkel packt und mit ihr abhebt. Hoch über Ottendorf wird sie getragen, ins Gebirge hinein, ganz nach Kurs.

Kaßberg

»... meine unbekannte unheimliche Geburtsstadt«
S. Hermlin

Nichts ist in der Luft. Kein Geräusch. Immer ist man winzig, wenn man beginnt, sich das erste Mal von ferne zu sehen. Ich sehe mich, im Jahre achtundsechzig, sechsjährig, vor meinem Vater stehen, der zuhaut. Mit festem Griff nimmt er eine Scheibe Fleisch aus dem von Blut und Saft durchweichten Papier, läßt es aufs Brett fallen und haut mit dem Klopfer zu. Es klatscht, und das Brett springt auf unter der Wucht des Schlages. Der Vater haut, bis das Fleisch dünn ist und breit. Dann hält er es wie einen Wischlappen mit zwei Fingern hoch und gegen das Licht, das vom Fenster her scharf in die Küche fällt. So ist es gut. So kann das dünne Fleisch dick paniert werden. Im Schlafzimmer dreht sich die Mutter das Haar mit Wicklern ein. Es ist Mittagszeit. Nichts in der Luft. Kein Geräusch. Im Sommer achtundsechzig setzt mir mein Vater ein Schnitzel vor, das so groß ist, daß es über den Tellerrand heraushängt. Meine Mutter mit den Wicklern paßt auf, daß ich esse. Ich mag nicht. Das Fleisch ist hauchdünn und zäh. Aus der krustigen Panade fließt altes Fett in meinen Mund. Jemand klingelt an der Wohnungstür. Meine Eltern erwarten keinen Besuch. Ich soll essen und mich nicht um das Geklingel scheren. Das starke fremde Geräusch macht mich satt. Iß! Der Vater haut auf den Tisch. Die Wickler auf Mutters Kopf sehen aus wie kleine grüne Kanonenrohre. Iß! Ich mag nicht und zappele auf dem Stuhl. Iß!

Dann kommt der Quirl. Dann alles in mich hinein, heraus.

Im Frühjahr führt der Kappelbach Hochwasser. Jedes Jahr taut es derart, daß das kleine Gewässer über die Ufer tritt und die Häuser der unteren Michaelstraße unterschwemmt. Der Schnee, der um die Häuser gewachsen war, den ganzen Winter über, jener Schnee, der nicht enden wollte, treibt im Frühjahr die Keller auf.

Ich helfe Sandsäcke schleppen. Mit meinen Armen, die einfach kein Fett ansetzten wollen, zerre ich die Säcke aus dem Verschlag und lade sie vor den Häusern ab. Sie liegen schwer übereinander und füllen sich mit dickem braunem Wasser, und der Bach steigt, und die Hast der Leute steigt, denn der Sand wächst nicht schnell genug um den Berg. Das Hochwasser verbietet. Keiner darf ihm zu nahe, das allem zu nahe kommt. Wir Kinder klettern auf das Dach des Steinmetzes Winkler, dem die Grabsteine unter Wasser stehen. Von hier aus gesehen gibt es keine Toten. Das Hochwasser spült die Friedhöfe aus. Wir sitzen auf dem Dach, und in unseren Hosen klappern die Groschen, die wir zum Dank für unsere Hilfe erhalten haben.

Wir kaufen Gummischlangen und Gips. Die Schlangen sind bunt, und man kann lange an ihnen herumkauen – den ganzen Sommer lang, in dem wir die Löcher ein für alle Male erledigen wollen. Fünf Mark haben wir für Gips gespart. Auf einem alten Puppenwagen transportieren wir das Dutzend Tüten des weißen Pulvers zu den Häusern. Es gibt Löcher, die so klein sind, wie von Kirschkernen geschossen; andere stammen von den Explosionen der Granat-Äpfel, sie sind faustgroß und ausgebröckelt. Die größten von ihnen waren, wo heute der Putz frontweise fehlt, an den schönen schuldlosen Villen der Gründerzeit. Wir machen uns an die Fassaden. Wir wollen mitbauen, da alles um uns herum baut, all unsere Väter, wie wir in der 1. Klasse zu hören bekommen – und auch ich will bauen, obwohl mein Vater es nicht tut, wie ich weiß. Der Sommer ist brütend heiß, kaum daß es Regen gibt. Wenn gegen Mittag die Straßen leer sind und die Hitze sirrt, rühren wir den Gips. Sechs Kinder sind wir, Raschke-Udo muß die Hosen fallen lassen und in das Pulver pinkeln. Anderes Wasser gibt es nicht, die Erwachsenen dürfen von unserem Bau nichts wissen, sie kennen uns, sie verbieten. Das Schlohweiß des Gipspulvers färbt sich dunkel und wird pampig. Steffi Pischenberg rührt mit einem Stock, ich streiche das erste Loch in der Fassade ein, der Gips wird hart, bevor das Loch gefüllt ist. Als nächste hockt sich Steffi über die Tüte und pinkelt, dann kommt jeder von uns an die Reihe. Die Häuser bekommen weiße Flecken, sie werden aussätzig, wir gipsen, verspachteln, drücken die letzten Tropfen aus unseren Harnblasen.

Am nächsten Morgen sind die Löcher wieder da. Der Gips hat nicht gehalten. Er war gebröckelt über Nacht; traurig ziehen wir die grünen Gummischlangen mit den Zähnen in die Länge, lang lang, bis sie weiß und rissig werden, bis sie mittendurch reißen und wir sie dann, derart zermartert, verschlingen.

Man kehrt zurück und ist fremd. Fremder, als wenn man an einen Ort kommt, den man womöglich nur einen halben Tag lang gestreift hatte und der fernab gelegen war von seiner Geburtsstadt. Der Kaßberg hat keine Liebe. Jährlich wird sein Fuß naß vom Hochwasser, täglich wechseln die Wächter in den Türmen, vor denen ich stehe, siebenjährig, mit dem Puppenwagen.

In diesem Jahr flieht der Mörder. Er streckt den Aufseher mit einem Kinnhaken nieder, bahnt sich irgendwie Weg, setzt über die mit Glassplittern bestückte Mauer und rennt die Gerichtstreppe hinab, die untere Seite des Kaßberges. Ich stehe mit dem Puppenwagen und lasse meine Puppen schreien. Der Mörder läuft wie der kleine Muck, so rasend schnell, als ob er gewinnen wollte. Meine Puppen schreien, ein Wachtmeister stößt mich zur Seite, und dann laufen die Hunde los, ein ganzes Rudel mit grauen verhetzten Männern hintendran. Sie haben den Mörder noch auf den Gerichtstreppen halten können. Sie bringen ihn wieder nach oben, er sieht gar nicht mehr aus wie im Märchen, und ich drücke meinen Puppen die Münder zu. Popeia, popeia, ich schiebe den Wagen vor den hohen grauen Türmen hin und her, in denen am nächsten Tag wieder Ruhe eingekehrt sein wird. Die Männer werden zu mir herunterstarren und die Glassplitter auf der Mauer wie Edelsteine funkeln.

Die Gerichtstreppen führen herab vom Berg zum Ufer der Chemnitz. Die Chemnitz hat an dieser Stelle eine Enge, durch die das Wasser rauscht. Weiter hinten wird der Fluß still. Manchmal, im Sommer, steht er. Wir spielen auf der Gerichtstreppe. GESPENST ist das schönste, was uns einfällt. Der Raschke-Udo ist unser bestes Gespenst. Einmal hat er einen Knüppel abbekommen von seinem Opfer, dem er hinterm Busch auflauerte. Seitdem wissen wir, daß jene Büsche, die die lange Treppe wie Wald umsäumen, lebendig sind. Wir stellen uns auf den Mauervorsprung der alten Befestigung und werfen Kastanien und Steine auf Leute, die hier hinter den Blättern so komisch tun, als wollten sie in Gips pinkeln. Aber Gips bekommen wir nie zu sehen, nur die wütenden Gesichter der Leute, wenn sie uns entdeckt haben.

Ich kenne noch diese Straßenbahnen, die sich quälen. Die Kaßbergauffahrt hinauf, quietschend und scheppernd und mondgelb. Manchmal, wenn der Wind ungünstig steht oder wenn Unglück im Anzug ist, kippt die Straßenbahn in der unteren Kurve des Kaßbergs um. Sie fällt müde auf die Seite, und die Fahrgäste entkommen unverletzt dem Notausstieg. Noch immer ist kein Geräusch in der Luft.

Mein Vater klopft die Schnitzel lappendünn, Jahr um Jahr, während ich die Städte wechsele und an Tischen sitze, an denen ich essen kann und beim ersten Klingeln die Tür aufreißen, ahnend, daß etwas in der Luft liegt, ein fernes nahes Geräusch, das den Teller zerschlagen, das mir das Leben nehmen, geben könnte, vielleicht.

Neunerlei

Wo das Pöhlwasser durchs Erzgebirge fließt, auf halber Höhe des Tellerhäuser, lebte bis zum Jahre 1994 der Lehrer Dörfler. Sein Haus stand am Waldhang, keine fünfzig Meter nach rechts von der Nachbarin Fiedler und links, in ebensolcher Entfernung, vom Haus der alten Uhlig. Bis zur Kreisstadt dauerte der Fußweg eine knappe Stunde. Zum Dorf Ehrenzipfel benötigte Dörfler etwas weniger. Er war ein guter Wanderer, wie alle Generationen vor ihm. Die Fiedlern maß den alleinlebenden Mann mit strengem Blick:

– Schon vierzig Gar und noch ka Mad.

Die nur um einiges ältere Uhligen, auf die Achtzig zugehend und von gleicher erzener Verbiesterung wie die Nachbarin, nannte ihn Labbsack. Keine von beiden sprach gern mit ihm. Sein freundliches aufgeschlossenes Wesen war für die Gegend untypisch und weckte Mißtrauen. Die Nachbarinnen, weil sie früh ihre Männer im Krieg lassen mußten, hatten keine Kinder.

Der kleine Dörfler war ein Holzhackerjunge. Vierjährig hackte er schon ordentlich Scheite. Mit sechs begann er zu schnitzen. Das war üblich im Erzgebirge. In der Art, wie er fröhlich grüßte, Besorgungen unmürrisch erledigte und sich vor der mageren Kost nicht käbisch verhielt, machte er von sich reden. In jungen Jahren steckte ihm die eine oder andere Nachbarin mal ein Stück Schwarzbeerkuchen, mal ein Tütchen Kandis zu. Es geschah selten und verlor sich gänzlich, als der Junge erwachsen wurde und sich für den Lehrerberuf entschied. Man sagte, es treibe ihn 'naus aus dr Haamet. Vergaß die net! rief man ihm im stillen zu, mar müssen doch zamhalten! – Dörfler aber verließ die Heimat nicht, sondern ging nach Annaberg, studierte und übernahm die Grundklassen der Kreisstadtschule. Weil er unabkömmlich war, zog man ihn nicht zur Nationalen Volksarmee ein. Als die Eltern in den Achtzigern starben, trübte sich kurz die Laune des Mannes, um ein paar Wochen darauf wieder in alter Heiterkeit zu erstrahlen. Die Nachbarinnen sahen es als Bestätigung ihrer Vermutung, daß er von etwas Bösem befallen sei.

– Labbsack! knurrte die Uhligen.
– Luhmisch! beschwörte die Fiedlern.

Dörfler grüßte sie noch immer jeden Tag, wenn er vom Schuldienst nach Hause kam. Er brachte für sie Dinge aus der Stadt mit, bestellte Holz, reparierte die elektrische Leitung. Im Winter schippte er Schnee und streute Asche vor die Häuser. Man dankte es ihm nicht. Er war es gewöhnt. Die Nachbarinnen mauschelten:

– Der do schmeißt mit Drack! Dis geht doch net!

Aber Dörfler fühlte sich wohl zwischen Tellerhäuser und Fichtelberg. Er liebte seinen Beruf, den Wald, die Berge, und er mochte sogar die grantigen Nachbarinnen. Hier war er verwurzelt, mehr, als man glauben konnte. Der Lehrer Dörfler war auch keinesfalls ein Liebhaber der Einsamkeit. In der Schule galt er als gesellig und erfindungsreich. Er gestaltete die Klassenräume aus und organisierte Diskotheken. Einmal tanzte er mit der Lehrerin für Russisch und Geschichte, dem Frl. Brinkmann. Er brachte sie am Abend nach Hause und gab ihr einen Kuß. Er lief glücklich durch den Wald zurück.

Frl. Brinkmann heiratete Wochen später einen tschechischen Grenzbeamten. Von da an nannte sie sich Frau Kowař.

Was auch der Lehrer Dörfler in der Schule auf die Beine stellte, wie immer er den tristen Stundenplan ein wenig aufzulockern verstand, um das Lernen vergnüglich zu machen – im eigenen Haus rückte er nichts von seinem Platz. Kaum schloß er die Tür hinter sich, war er gefangen. Ihn schwindelte jedesmal, so daß er sich am schweren Tannenholztisch, der in der Wohnstube stand, festhalten mußte. Es war ein unbestimmtes, aber angenehmes Gefühl, die Dinge bei sich zu halten, kindhaft auf deren Oberflächen und Gerüche versessen. Er kaufte sich weder moderne Geräte noch neues Mobiliar, ließ die kleinen Zimmer, wie er sie nach dem Tod der Eltern vorgefunden hatte. Die olle gute Haut – Dörfler hatte seine Mutter so genannt – hatte ihm Klöppelsack und Leinentücher hinterlassen, ein paar eiserne Töpfe, schwere Federbetten und anderes Unverwüstliches. Vom Vater blieben der Bergmannsrock, zwei Wildschweinfelle und ein Teleskop. Vater hatte es als langjähriger Kumpel von der Wismut geschenkt bekommen, für treue Dienste, an dem Tag, an dem man Tuberkulose feststellte. Das Teleskop vertrieb nun dem Sohn die freie Zeit. Es gab nichts Erregenderes, als in klaren Winternächten ein Eisblumenfenster zu öffnen und durch den Apparat zu schauen. Die Nachbarinnen hatten ihn bei dieser Tätigkeit noch nie beobachtet, denn sie gingen nach Einbruch der Dunkelheit zu Bett.

Um die Vorweihnachtszeit des Jahres 1993 geschah es das erste Mal, daß der Lehrer Dörfler nach dem letzten Unterrichtstag ein paar seiner Schüler fragte, ob sie nicht Lust hätten, mit einem Teleskop Bekanntschaft zu schließen. Gern nahmen die Schüler eine Stunde Fußweg in Kauf. Vier Kinder hatte sich der Lehrer zunächst ins Haus geholt: Jost-Kitty, Schramm-Sabine, Richter-Steffen und Grummert-Thomas. Die Zwölfjährigen bestaunten die Aussicht in den Himmel. Der Lehrer erklärte Sonne, Mond und Sterne. Als das Stübchen des offenen Fensters wegen auszukühlen drohte, legte er Holz im Ofen nach und kochte Muckefuck.

– Boh! – Jost-Kitty lobte die Gemütlichkeit.

Man saß, erzählte und wärmte die Hände an den Tassen. Der Lehrer steckte weiße Kerzen auf Lichterfiguren: Engel und Bergmann. Rote Kerzen kamen auf den Schwippbogen. Das Räuchermännchen stellte einen im Lehnstuhl sitzenden, zeitunglesenden Großvater dar. Dörfler hatte ihn selbst geschnitzt. Als er fertig bemalt war, sah der Junge den alten Bergmannsvater das erste Mal lächeln. Grummert-Thomas durfte den Rückenhebel des König Nußknacker betätigen und Hasel- und Walnüsse knacken. Schramm-Sabine dem Räucheropa ein Kerzchen unter den Rock schieben. Duft breitete sich aus, der nicht nur die Kinder benommen machte. Er ließ den Lehrer träumen, er säße seit zweihundert Jahren in dieser Stube, gleichsam durch Harz und Weihrauchteer konserviert, für alle Zeit, unsterblich, alterslos. Vor den Fenstern knarrten die Nachbarinnen.

– Wer sind die? fragte Richter-Steffen, durch die Gardine schlunzend.

– Meine Engel, flüsterte der Lehrer.

Die Kinder rückten näher zusammen und ließen den Lehrer erzählen, ganz, als hätte er die Geschichte des Erzgebirges von Anbeginn gelebt. Die Gesichter glühten vom Muckefuck, und die Hände waren heiß. Der Lehrer schnitt Christstollen auf.

– … so lang wie de Ufenbank …, sang er.
– … und wammer den gegassen ham, do seimer alle krank! fiel Schramm-Sabine ein. Sie kannte das Lied von werweißwem, obwohl sie in der Stadt lebte. Der Lehrer Dörfler nahm den Kindern das Versprechen ab, am Heiligabend, nach der Bescherung, bei ihm auf dem Tellerhäuser zu erscheinen. Er halte eine Überraschung bereit.

Am Morgen des 24. Dezember stand er früh auf. Es war noch dunkel. Über Nacht hatte es geschneit. Dörfler schippte Hof und Wege frei und streute die Asche vom vergangenen Abend über die abgeschürften Stellen. Der Schnee hatte das Schlafzimmerfenster der Fiedlern erreicht und lag kniehoch vor der Tür der Uhligen. Der Lehrer räumte ihn weg. Dann standen die Nachbarinnen vor ihm, von Kopf bis Fuß in graue Tücher gepackt, als wären sie so zur Welt gekommen. Dörfler kannte sie seit seiner Kindheit in dieser Verhüllung. Im Gebirge war es immer kalt. Wer denn der Besuch gestern abend gewesen sei, wollte die Fiedlern wissen.

– Ich sog's dir, sagte die Uhligen und flüsterte der Nachbarin etwas durchs Kopftuch.

– Zam Dunnermad aber noch a mol! rief die Fiedlern erschrocken.

Der Lehrer grüßte freundlich und ging zurück ins Haus. Am frühen Abend erschien Grummert-Thomas bei ihm. Wenig später kamen Kitty und Sabine. Richter-Steffen brachte seine beiden kleinen Schwestern auf dem Schlitten mit. Hielt man den Atem an, konnte man die Glocken von Ehrenzipfel hören. In Dörflers weihnachtlicher Stube brannten Kerzen, drehte sich die Pyramide, rauchte der Holzopa.

– Ich hoffe, ihr habt noch großen Hunger, sagte der Lehrer.

– Was gibt's denn, wollte Grummert-Thomas wissen.
Der Lehrer strich sich geheimnisvoll durch den Bart.
– Das Weihnachtsessen unserer Eltern und Großeltern.
– Boh! rief Jost-Kitty.
Brot und Salz auf dem Tisch. Die Kinder nahmen ein wenig davon, dem Lehrer zuliebe. Sie waren satt vom elterlichen Gänsebraten. Der Tannenholztisch gab dem Gastgeber Halt, da es ihn plötzlich wieder schwindelte, die ganze Zeit auf ihn zu stürzen schien. Er hatte die Mahlzeiten genau vorbereitet. Arm war man in der Gegend gewesen. Den Kindern sollte es schmecken. Als der Lehrer Dörfler Wurst und Sauerkraut aus der Küche holte, vergaß er, warum er das alles tat. Ein Schleier aus feinem Silbergrieß legte sich auf die Augen. Bis zu den Ohren klopfte das Herz. Labbsack! hörte er die alte Uhligen rufen. Es war diese haderlumpengraue Gegend. Er war heiterer, als es sich hier gehörte. Vor und hinter der Grenze nannten sich die Frauen Kowař. Hart stellte der Lehrer Teller und Schüsseln auf den Tisch. Die Kinder griffen zu, erfreut darüber, daß Brot und Salz nur der Anfang gewesen waren. Der elterliche Gänsebraten hatte sattgemacht, aber wenn man zwölf Jahre alt war, galt das nichts. Der Lehrer selbst aß kaum etwas. Das Sauerkraut war mit Mehl und Kartoffeln gestreckt. So konnte man aus einem Kohlkopf drei machen. Dörfler hatte alles eigenhändig vorbereitet und damit seinen Hunger gestillt. Wurst und Sauerkraut folgten Linsen mit grünen Klößen.
– Damit ihr im Neuen Jahr immer Kleingeld habt, erklärte der Lehrer mit Bezug auf die Linsen, und: Großes Geld wird euch nicht ausgehen, wenn ihr die Klöße eßt.

Die Kinder löffelten die Linsen, rissen die Klöße auseinander und tunkten sie in die braune Soße, sie hatten kaum noch Hunger, aber die Gegenwart des beliebten Lehrers erweiterte ihre Mägen. Der Sellerie aus dem eigenen Garten, weich gekocht, süßsauer eingelegt. Welches Kind mochte jemals dieses Gemüse! Aber die Kinder um den Lehrer Dörfler aßen, und es schmeckte ihnen. Fast waren die Kerzen abgebrannt. Das Licht hatte Rehe aus dem Wald vor die Fenster gelockt.

– Die toten Männer meiner Nachbarinnen, sagte der Lehrer Dörfler.

– Glauben wir nicht! lachten die Schüler und fühlten Sorge um ihren Freund. Dörfler lachte auch. Er platzte förmlich vor Heiterkeit, obwohl seine Gedanken seltsame Signale ausschickten, solche, als dürfe er die Kinder nie wieder aus dieser Stube herauslassen, als könne ihnen auf dem Heimweg etwas zustoßen, oder ihm, wenn er dann alleine wäre zwischen Klöppeldecken und Leinentüchern, Kreuzstichstickkissen, Federbetten, zwischen der kleinen Wachszeichnung des Großvaters vom Tellerhäuser, zwischen dem Teleskop, der Steigeruniform des Vaters, den Eisentöpfen, Tonschüsseln, Schnitzfiguren, dem Schnarren der Fiedlern, dem Moofen der Uhligen, zwischen all den magnetischen Geheimnissen der Dinge. Der Lehrer hatte sein Alter vergessen.

– Semmlemilch! rief er und brachte eine Schüssel in süßer warmer Milch eingebrockter Brötchen.

– Boh! sagte Jost-Kitty, das haben die Leute früher alles essen können?

Der Gänsebraten von zu Hause behauptete sich. Von der Semmlemilch nahmen die Kinder nur wenig. Es schneite wieder. Erst zu Murmeln gepappte Flocken, die schnell und schwer vom Himmel herunterklatschten; dann, als es kälter wurde, leichte tänzelnde Kristalle, die sich auf die ausgestreute Asche legten. Der Lehrer Dörfler trug die letzte Speise auf. Im Sommer hatte er Schwarzbeeren gesammelt und in einen Tontopf mit Zucker eingelegt. Jetzt verschenkte er kleine Kellen des köstlichen Kompottes. Die Kinder hatten rote Wangen und blaue Zähne, als sie Abschied nahmen.

Am Morgen nach Neujahr hielt ein Polizeiwagen auf halber Höhe des Tellerhäuser. Der Lehrer Dörfler war gerade auf dem Weg zur Schule, als man ihm seine Tasche abnahm und ihn in den Wagen lud. Schneeketten klirrten um die Reifen und hinterließen Eisschrunden auf dem Waldweg.
– Ach, du griene Neine, sagte die Fiedlern zur Uhligen.
In dieser Nacht schneite es ihre Häuser ein.

Das Spiel der Billabohne

An einem Januartag im Jahre einundsechzig schüttete Tante Milba die Tüte Bohnen in einen ihrer angeschlagenen grauweißen Emailletöpfe und sagte: Zeit ist's, Bernchen, daß du 'n Junge wirst, nich wahr, man hört von dir nischt, du sitzt immer so still rum, als obste nich weißt, was tun, nimm die Bohnen, Bernchen, und mach Gewitter! Bernd ließ die Bohnen rasseln. Er saß in der Küchenecke, ließ den Topf kreisen und die trockenen Bohnen regnen donnern blitzen, und Tante Milba tat die Tür zur Wohnstube auf, in der Opi auf der Couch lag, und forderte: Doller, Bernchen, der Opi hört doch nischt! Da ließ Bernd die Atmosphäre krachen. Daß du 'n Junge wirst. Tante Milba war gut. Ihre Schwester Hanne, Bernds Mutter, nicht so. Sie übersah, daß er kein Junge war. Zähtschbengel nannte man ihn im Kindergarten.

Bernd liebte den Kindergarten nicht, er legte sich ein Taschentuch beim Schlafen über die Nase. Das roch nach Daheim-bei-Tante-Milba, mit einem Hauch von Sauerkohl. Der Kindergarten verbot das. Bernd lutschte Daumen. Wenn er lutschte, roch es auch gut. Fast wie Taschentuch. Der Kindergarten band dem Jungen Mullbinden um die Daumen. Bernd roch Krankenhaus und konnte nicht einschlafen. Bernd wurde knätschig und weinte oft. Seine Mutter holte ihn nach dem Schlafen ab. Zähtschbengel nannte sie ihn.

Sie war wie der Kindergarten. Dabei arbeitete sie im I-Werk. Das I-Werk hieß Industrie-Werk und stellte Hydraulikpumpen her, und Bernds Mutter gab den Arbeitern das Werkzeug aus. Halbtags, damit sie Bernd nach dem Schlafen holen konnte. Damit er nicht so knätschig war. Daheim saß Bernd still im Kinderzimmer und wollte zu Tante Milba. Tante Milba war gut. Sie nannte ihn Junge und schenkte ihm Ausmalhefte. Bernd malte gern aus. Zu Weihnachten hatten die Tante und der Opi ihm *Max und Moritz* geschenkt: Damit du weißt, wohin's führen kann! Bernd legte die Ausmalhefte beiseite und schaute sich die neuen Bilder an. Das waren Jungs, der eine blond, der andere schwarz! Kerle waren das! Bernd malte sie aus. Mit blauen und orangefarbenen Hosen. Stundenlang schaute er, stundenlang malte er an ihnen herum. Es war schön. Tante Milba hantierte mit Kohlenzange, Wasserkessel und Muckefuckkanne. Die Muckefuckkanne war aus Emaille wie die Töpfe, und Bernd durfte aus dem Deckel trinken. Zu Hause gab es keine solche Kanne. Da hatte die Mutter Porzellan, das schon beim Ansehen in Scherben ging. Bernd trank zu Hause wenig. Bei Tante Milba hatte er immer Durst. Am besten schmeckte der Muckefuck kalt mit Zucker. Bernd trank und trank und mußte nur dem Opi eine Tasse voll übriglassen, denn der Opi brauchte den Kaffee zum Aufweichen der Brötchen.

Wenn der Opi Brötchen aufweichte, nahm er zuvor das Gebiß heraus und legte es auf die Zeitung auf dem Küchentisch. Wenn das Brötchen dann dick und weich war, hatte das Gebiß auf der Zeitung einen nassen Fleck hinterlassen. Bernd graute sich vor dem Fleck, der zudem nicht gut roch. Bernd liebte den Opi nicht. Er war manchmal wie der Kindergarten. Er fragte: Lernst du auch gut? Er fragte das bis zehnmal am Tag. Zwischendurch setzte sich der Opi über irgendwelche grünen Hefte und las. Aber eigentlich konnte Opi nicht lesen. Das hatte Tante Milba gesagt. Er hatte doch ein Glasauge aus dem Krieg mitgebracht und ein gesundes. Zum Glasauge sagte er: Das sei ein Geschenk der Russen, und das gesunde brauche er forthin für die Ameisen. Tante Milbas Küche lag im Erdgeschoß und beherbergte Ameisen. Sie wohnten in den Mauern, trieben den Putz vor und schlüpften etwa im Juli zu Hunderten aus. Wenn es soweit war, trat der Opi nach ihnen. Mit dem gesunden Auge suchte er sie auf dem Küchenboden und latschte darauf herum. Die schwarzen Krümel fegte Tante Milba später dann weg. Die Ameisen waren eine Plage, und als Bernd einmal wissen wollte, was denn der Opi immer in den grünen Heften zu lesen hätte, sagte Tante Milba: Er erfindet ein Gift gegen die Ameisen.

Bernd spielte mit den Bohnen. Die Mutter hatte ihn bei Tante Milba untergestellt und war werweißwohin gegangen. Es war Sonntag. Wochenende ging sie immer werweißwohin. In den »Schlachthof«. Dort war Tanz. Dort waren die, denen die Mutter tagsüber Werkzeug ausgab.

Morgen würde sie Bernd wieder abholen und ein rotes dunstiges Gesicht haben. Vielleicht würde sie auch weinen, dann tat sie dem Jungen leid. Dann liebte er seine Mutter, denn im Kindergarten durfte man nicht weinen. Tante Milba würde schimpfen, und der Opi würde den Kopf schütteln. Und Mutter würde erklären: Aber er braucht doch einen Vater, er braucht doch auch mal einen! Was kann ich dafür, daß immer kein Vater dabei is!

Bernd ließ die Bohnen rasseln. Auf dem Küchentisch

lag verheißungsvoll das *Max-und-Moritz-Buch*. Nach dem Gewitter durfte er es sicher wieder ansehen, stundenlang. Tante Milba stopfte Papier, Holz und Kohlen in den Küchenofen. es prasselte. Der Ofen wurde schnell warm. Bernd mochte das. Es begann gut zu riechen, wie Taschentuch nach Ofenwärme. Gehorsam machte er weiter Gewitter. Bis ihm die Tante die Schüssel wegnahm, Wasser auf die Bohnen goß und dieselben mit Salz und Zwiebeln auf den Herd stellte. Das Unwetter war vorüber. Der Opi schlurfte zur Tür herein. Er brachte die Hefte mit. Er legte sie auf den Küchentisch neben die Zeitung. Darf ich sie ausmalen? fragte der Junge. – Hast du gut gelernt heute? – Tante Milba ließ den Topfdeckel scheppern: Wasn mit dem Kram, Papa? – Sie meinte die Hefte. Der Opi sagte: *Weg!* – Tante Milba scheppterte weiter. Bernd war aufgestanden. Er durfte nicht ausmalen. Er wollte den Opi nicht lieben! Er hatte plötzlich Durst. Er wollte die ganze Muckefuckkanne leer trinken, ohne was übrigzulassen. Das war nicht zu schaffen. Weg den Kram! Die schönen Erinnerungen, bunt wie das Glasauge! Tante Milba seufzte. Opi bückte sich ächzend und stopfte die Hefte in die Ofenklappe. Alte grüne Hefte mit alter grauer Vergangenheit. Mit schwarzen komischen Kreuzen, die schon mal jemand ausgemalt haben mußte. Die der Opi geliebt hatte. Was später der Junge in der Schule gelernt hatte. Später, als der Opi sein letztes Gefecht focht in der Klinik, mit seinem Bettnachbarn, dem General. Der ihm mit der Urinierente eins über den Schädel zog: Die dritte Front, du Zausel, war nich über Frankreich! So starb der Opi später am Basisbruch, aber erst mal lud er den Ofen voll, schickte das Graugrüne durch den Schornstein. Die Küche wurden dunstig, eine schöne riechbare Heimstatt. Auch die Bohnen begannen zu bullern. Und Tante Milba sagte: Zeit wird's, Papa, wenn die das gefunden hätten! – Äh! Der Opi ließ sich schwer auf den Küchenstuhl fallen. Er hatte Durst. Eine Tasse Muckefuck war übriggeblieben. Er trank hastig, zog den kalten Kaffee durch das Gebiß. Bernd hatte Lust zu weinen und schluckte. Er hätte so gern die Hefte ausgemalt, so gern den ganzen Muckefuck getrunken. Tante Milba rührte in den Bohnen. Sie wurden dick und pafften Bläschen. Bernd schneuzte sich ins Taschentuch. Die Bohnen rochen gut. Er hatte nicht richtig geweint. Weil er ein Junge war. Der Opi erhob sich noch einmal vom Stuhl und schaute in den Ofen. Die dritte Front, die über Frankreich war, die mühsam geschriebenen Aufsätze, der Sieg im grünen Einband. Nun können sie kommen, die Fahndungsjäger! Zeit ist's gewesen. Knuspernd fraß der Ofen das Papier. Der Ofen verbrannte sein Frankreich. Er tat gut daran, denn der Junge sollte doch lernen. Bernd aber hatte schon wieder Durst.

Tante Milba briet in einem Pfännchen Speck. Tante Milba brachte die Bohnen auf den Tisch. Der Ofen heizte wie die Hölle. Die Tante goß den zischenden flüssigen Speck in die Bohnen. Bernd liebte Bohnen nicht. Sie schmeckten nach Pappe. Auch im Kindergarten gab es Bohnen. Tante Milba salzte ihm seinen Teller nach. Damit es ihm nach etwas schmeckte. Der Junge aß schnell und genußlos. Die Bohnen quollen im Magen. Der Ofen bullerte. Mach die Tür auf, befahl der Opi und zerdrückte die mehligen Früchte mit der Zunge am Gaumen. Das Gebiß lag auf der Tageszeitung. Als die Küchentür offen war, trieb es Bernds Bauch auf, blähte das Essen. Zeit war's gewesen für die dritte Front, die es womöglich gar nicht gegeben hatte. Das hatte auch Tante

Milba schon immer vermutet. Sie schraubte den Ofen zu. Jetzt können sie kommen. Es war Sonntag und die Mutter werweißwo.

Einmal besaß Bernd einen Vater, der war Polizist. Der stand auf einem Podest vor der Stadthalle und regelte den Verkehr. Bernd bewunderte diesen Vater. Oft lehnte der Junge, nachdem er den Kindergarten verlassen durfte, am Schutzgitter der Kreuzung und schaute zu, wie der Vater die Autoschlangen wohlgeordnet an sich vorbeiziehen ließ. Manchmal schenkte ihm dieser Vater drei Mark.

An der Ecke Ranstädter Straße befand sich das *Ranstädter Büfett*. Bernd trug sein Geld dorthin. Er kaufte sich dafür Hühnchen. Einen viertel Broiler mit einer Scheibe Weißbrot und einer dünnen Papierserviette. Hühnchen war zart. Bohnen besaßen eine unverdauliche Hülse, Kartoffeln klebten im Mund, Brot konnte er nur mit viel Butter essen, Butter verursachte Sodbrennen. Hühnchen war zart. Bernd schmeckte es nicht, aber das Fleisch ließ sich gut beißen, er konnte es schlukken, ohne sich quälen zu müssen. Die scharfgebackene Haut ließ er auf dem Teller zurück. Tante Milba meinte, das sei doch das beste. Dreimal in der Woche schenkte dieser Vater dem Jungen drei Mark.

Abends dann nahm er ihn mit nach Hause, zu seiner Mutter, die tagsüber den Männern im I-Werk Werkzeug auszugeben hatte. Dieser Vater, der Polizist war, kaufte dem Jungen auch ein Klavier: Damit du nich immer so still rumsitzst, als obste nich weißt, was tun, mach Musik, Bernchen. Bernd klimperte auf den Tasten. Nach Wochen brachte er eine kleine Melodie zustande, nachdem er immer nur Tonleitern auf und ab gespielt hatte.

Die Tonleitern liefen nicht so mühsam wie die Melodie, die klangen ein bißchen wie Musik und besagten in sich die Folgerichtigkeit aller Abläufe. Bernd liebte das Klavier nicht.

Im Kindergarten gab es ein Tamburin. Bernd spielte Klavier wie Tamburin. Er liebte es nicht, doch er tat es. Er durfte, wenn er artig war, die Kinder in einen Kreis kommandieren. Dieser Vater von ihm, der Polizist war, der so schön alles einordnen konnte, verließ eines Tages seine Mutter und ihn. Er nahm Socken und Zahnbürste mit. Nur das Klavier blieb übrig. Er ging und regelte weiter den schnellen, brausenden Verkehr. Während die Mutter weinte, übte der Junge. Er tat es aus Mitleid. Er kam auch über die Tonleitern hinaus. Bernd klimperte, und wenn er nach dem Kindergarten vor der Stadthalle stand, dachte er daran, in dieser Stadthalle klimpern zu müssen. Bernd stand an das Schutzgitter gelehnt – hinter dem ein Polizist, der mal sein Vater gewesen sein könnte, den Verkehr regelte – und dachte sich durch die gläserne Schwingtür auf die Bühne. Dieser Polizist gab dem Jungen Geld, dreimal in der Woche drei Mark.

Zu Hause aber begann die Mutter das Klavier zu schlagen. Mit dem alten hölzernen Persil-Kochlöffel. Das dünne Elfenbein der Tastatur platzte ab, die Saiten zersprangen und rollten sich sirrend zusammen. Die Mutter schlug und schlug. Es war wieder kein Vater darunter gewesen, und dabei gab Hanne doch täglich an so viele Männer das Werkzeug aus, und täglich war keiner dabei für sie und den Jungen.

Bernd saß herum. Knätschig. Unleidlich. Er malte gern Bilder in Büchern aus, aber mochte selbst nichts zeichnen. Kaum daß er ein einfaches Männel zustande brachte. Sollte er den Stift selbständig führen, rutschte er immer vom Papier und hinterließ krakelige Linien, Ungelenkes. Der Kindergarten besuchte die Mutter und teilte seine Sorgen mit. Ob der Junge es schaffen würde mit der Schule. Er könne nicht..., er mache nicht..., er sitze nur immer so rum, als ob er nicht wisse, was tun...

Hanne aber schleppte Bernd zur Vorschulprüfung. Dort erzählte er von *Max und Moritz*. Das aber war nicht gefragt. Dort sollte er zehn Stäbchen legen, geordnet nach Farbe und Größe. Er brauchte lange. Es quälte ihn. Er schaffte es. Obwohl er keine Männeln zeichnen konnte, keinen eigenen Strich. Bernd wurde eingeschult. Er bekam Milchgeld und nahm an der Schulspeisung teil. Es gab manchmal Bohnen. Die aß er schnell, ohne etwas dabei zu schmecken. Es gab ja dreimal in der Woche das *Ranstädter Büfett*. Die Kinder seiner Klasse nannten Bernd Billabohne.

Bernd liebte die Schule nicht. Er saß nur herum. Wenn Pause war und die Mitschüler über die Bänke sprangen, saß er herum. Ein wenig knätschig. Ein wenig minderbemittelt – die Lehrerin hatte Worte, die waren groß und brausend und gingen ihr schnell vom Mund. Bernd wollte ausmalen. Max und Moritz waren nicht in den Schulbüchern. Er war langsam im Schreiben. Zweimal brach die Stahlfeder des Füllhalters ab. Er hatte nichts im Griff. Die Schule hatte eine Aula mit Klavier.

Darauf klimperte Billabohne heimlich, wenn Hofpause war. Hofpause liebte er nicht. Es gab immer Balgereien und Wettläufe zwischen den Jungen. Die Aula war wie Stadthalle. Manchmal aber fand in der Aula Appell statt. Billabohne ging gern zum Appell. Da spielte Frau Seifert immer Klavier, und die Pioniere sangen dazu. Bernd sang mit. Er wollte auch Pionier sein. Aber er war eben erst eingeschult. Er wurde Billabohne gerufen und war noch ganz neu in allem.

Die Halstücher gefielen Billabohne. Beim Appell drängelte er sich in die erste Reihe, um genau das Klavier und die Tücher an den Hälsen der Kinder sehen zu können. Sie waren blau und stolz. Und alles klang so schön, er war so schön gemeinsam mit allen, nicht wie sonst immer allein, als ob er nicht wüßte, was tun. Zu Hause zerschnitt Billabohne die blaue Küchendecke mit der Schere, schnitt ein großes Dreieck heraus und band es sich um. Er konnte nicht mehr warten. Pioniere waren nicht knätschig. Billabohne wollte sein wie alle. Das Küchenhalstuch scheuerte am Hals. In der Hofpause übte er Klavier. Die Mutter verklagte die Schule wegen des guten Stoffes. Die Schule leistete Ersatz. Als das erste Schuljahr beendet war, wurde das Halstuch fein seiden und richtig blau. Billabohne war stolz. Er saß herum und trug jeden Tag sein Tuch. Er lernte schlecht. Er war langsam. Schrieb ab. Sagte zu sich selbst: Billabohne. Nach der Schule lief er zu Tante Milba und trank sich an Muckefuck satt. Die Milch in der Schule war zu süß und schmeckte nach Kaugummi. Kaugummi war das neueste. Bernd mochte ihn nicht so sehr wie Muckefuck.

Eines Tages hieß es, der Opi sei tot. Erschlagen mit der Urinierente im Krankenhaus. Weil die dritte Front erlogen war oder nicht oder ein Irrtum vorlag oder der Bettnachbar einfach nicht wußte, was tun. Opi hatte das Alter, daran ist er gestorben, er ist ein guter Mann gewesen, sagte Tante Milba. Danach weinten alle. Billabohne nahm an der Trauerfeier teil. Da spielte einer Klavier. Ein alter Kamerad. Aber keiner sang wie beim Appell. Billabohne hatte sein Halstuch umgebunden. Billabohne fror und wollte vom Opi nichts mehr wissen. Beim Essen erzählte man Witze. Die Erwachsenen weinten und lachten abwechselnd. Der Schweinebraten war zäh und schmeckte nach Stall. Dann sprach man über die Schule, weil ja das Leben weiterging, und die Schule war ein Zeichen des Lebens. Hanne heulte noch immer. Vielleicht, weil ihr Sohn so hinterher war. Oder des Opis wegen. Billabohne stocherte in der Nachspeise. Er lockerte das Halstuch. Er hatte Lust zu klimpern, aber das Klavier war weit weg.

Bernd wurde zurückgestellt. Er mußte die dritte Klasse wiederholen. Die neuen Mitschüler nannten ihn auch Billabohne. Sie redeten mit ihm wie *nicht dicht*. Er durfte weiterhin Pionier bleiben. Obwohl er immer nur so herumsaß. Martin Ost gab ihm Nachhilfeunterricht. Martin war Gruppenratsvorsitzender und lernte fleißig. Dreimal wöchentlich ließ er Billabohne Zahlen und Buchstaben schreiben. Die Schule besuchte die Mutter und teilte ihre Sorgen mit. Ob der Junge es schaffe bis zur achten Klasse. Er sei nicht faul, nein, aber irgendwie minderbemittelt, ja! Aber ein guter Pionier. Nicht zanksüchtig, eher zu weich, wie ein Mädchen. Hanne aber schickte die Lehrerin fort. Im I-Werk warteten die Männer auf ihr Werkzeug; vielleicht ist irgendwann mal ein Vater dabei. Billabohne würde sich bessern, er war ja nicht faul, wußte sie.

Die Schule gab Billabohne eine Funktion. Er sollte die Gruppennachmittage ausgestalten. Das tat er gern. Er kaufte Kekse vom Geld aus der Gruppenkasse und hängte Wimpelketten ins Zimmer. Er liebte Gruppennachmittage. Da war er so schön gemeinsam. Die Lehrerin erzählte von schnellen großen Dingen. Die Worte brausten wie Verkehr an der Stadthalle. Da war Billabohne nicht ausgeschlossen. Da war er dabei. Stolz und gar nicht weich. Die Bilder, die gezeigt wurden, gefielen ihm. Er liebte sie nicht, aber sie gaben ihm Kraft.

Billabohne wurde mit den anderen Schülern in die Freie Deutsche Jugend aufgenommen. Einen Tag nach der Feier zerrte ihn Martin Ost mit Hilfe weiterer Schüler in der Pause auf das Lehrerpult und riß ihm die Hose herunter. Er wurde Opfer. Man beguckte ihn, spielte an ihm herum. Billabohne war es peinlich. Er wünschte sich Hosen mit einer Schnalle. Tante Milba kaufte sie ihm – eine schöne silberne Schnalle mit Tigerkopf.

Billabohne bekam Taschengeld. Er sparte es für das *Ranstädter Büfett*, für die knusprigbraunen Hühnchen. Fünfzig Pfennig gab er für Solidarität. Fünfzig Pfennig in die Klassenkasse. Die Jungen seiner Klasse hatten bald auch die Schnalle geschafft. In jeder großen Pause lag Billabohne auf dem Pult. Die Mädchen kreischten, die meisten hatten schon eine Brust. Billabohne ließ es über sich ergehen. Man reizte ihn, es fand nichts statt. Das Gelächter war unendlich. Er bekam Akne. Hals und Stirn waren voll davon. Es war so schlimm, daß er Tabletten nehmen mußte. Er gestaltete noch immer die Gruppennachmittage aus, die jetzt FDJ-Versammlung hießen. Redete von schnellen großen Dingen, was er nicht liebte, doch beherrschte. Die Mädchen lachten ihn aus. In den Toiletten und Schulgängen drückten sie sich den Jungen auf. Sie zogen auf sonnigen Wegen.

Billabohne zog mit. Er saß herum und übte. Er besserte sich. Es machte ihm keinen Spaß. Zu Hause die Mutter war öfter noch als vorher werweißwo. Er brauchte nicht mehr zu Tante Milba. Er trank inzwischen Bohnenkaffee.

Einmal stank es in der Küche. Billabohne kam von der Schule zurück und brach die Tür ein. Auf dem Küchenherd standen eingeweichte Bohnen für das Wochenende. Aber der Herd stank. Billabohne öffnete das Fenster und zog die Mutter aus der Küche. Er hatte so etwas geahnt. Er war zur rechten Zeit gekommen. Eine gute Tat kommt immer zur rechten Zeit. Die Mutter wurde eingeliefert. Zwei Wochen lang gab jemand anders das Werkzeug im I-Werk an jene Männer aus, die keine Väter sein wollten für den Jungen, der immer nur so herumsaß, als ob er nicht wüßte, was tun. Billabohne übte Mathematik. Die Abschlußprüfungen standen bevor. Die Küche lüftete drei Tage lang aus. Billabohne bestand die Prüfungen mit einer Vier. Er wollte Schlosser lernen. Er ging von der achten Klasse in die Fabrik. Ins I-Werk, wo die Mutter an ihn das Werkzeug ausgab.

Billabohne liebte das I-Werk nicht. Er liebte die Kinder. Wenn er dienstfrei hatte, stand er am Appellplatz seiner alten Schule und beobachtete die Pioniere mit ihren Halstüchern, die waren so blau, so blau. Er, Billabohne, durfte kein Pionier mehr sein. Er hatte nie gewußt, was das ist. Nun ist er an der Maschine. Sei nich traurig, Bernchen. Er hatte keine Freunde. Aber er war nicht traurig. Er wünschte sich, Klavier spielen zu können.

Das I-Werk schenkte dem jungen Arbeiter eine Neubauwohnung. Das war etwas, wovon alle sprachen. Eine Neubauwohnung mit Fahrstuhl, einem Zimmer, einem elektrischen Herd (der nicht stinken konnte) und einem schönen hohen Balkon. Billabohne zog von der Mutter fort in seine Wohnung. Er stellte solche Möbel hinein, die er bei anderen gesehen hatte. Sie gefielen ihm nicht, aber er ging immer rechtzeitig schlafen, um sie nicht alle gebrauchen zu müssen. Mittags aß er im Betrieb, am Wochenende im *Ranstädter Büfett*. Das Wochenende war zart und geschmacklos. Er konnte sich erholen wie alle.

Billabohne war neunzehn Jahre alt, dünn und schwach auf den Knochen. Er wurde ausgemustert. Er war nicht traurig darüber. Aber er trank im *Ranstädter Büfett* drei Flaschen Bier. Danach holte man ihn unter dem Hokker hervor. Er durfte nicht dabeisein, nicht dienen. Als er das Bier in sich hatte, sah er *Max und Moritz*. Die hatten es geschafft, die machten in graugrünen Hosen ihre Streiche. Sie traten an und rückten ein, der eine blond, der andere schwarz. Sie säbelten Maltersäcke und den Schneider tot. Das Bier war für Billabohne eine neue Erfahrung. Er mochte nie wieder. *Max und Moritz* machten ihn kaputt.

Die Neubauwohnung hatte dünne Wände. Durch den Beton kam immer mal etwas zu Billabohne herüber. Bluesmusik und Gelächter. Billabohne konnte dann nicht schlafen, er mußte früh raus. Die Musik störte ihn, sie war laut und zum Lachen. Billabohne lachte nicht gern. Die Musik ging durch die Wand. Billabohne hatte noch nie etwas zu jemandem gesagt. Aber er stand schon an der Nachbartür. Wollte klingeln und bitten, man möge die Musik abstellen. Und das Lachen. Als die Tür aufging, zog ihn jemand hinein. In ein Inneres, das er noch nie gesehen hatte. In Musik und Lachen und eine Gruppe Leute, die jung waren und herumsaßen. Es ärgerte Billabohne, daß er nicht zurück konnte. Er wurde einfach placiert, ganz spontan niedergedrückt. Er bekam Wein. Billabohne liebte Wein nicht, er nippte nur und stellte ihn weg. Er wollte gehen.

Die junge Nachbarin hieß Anke. Sie war spontan. Sie kochte auf dem elektrischen Herd für alle Spaghetti und Tomaten. Die Leute tanzten nach dem Blues. Das machte Billabohne traurig. Er hätte plötzlich weinen können. Er hatte noch nie Blues gehört. Anke war Souffleuse am Schauspielhaus und zog Billabohne vom Boden auf. Daß du 'n Mann wirst, Mann! Anke tanzte mit ihm, schubste ihn und lachte. Billabohne vergaß seine Wohnung. Er schaute Anke an. Die so spontan war und die wie ein Hühnchen aussah. Das fiel ihm plötzlich ein. Anke trug die Schultern entblößt.

Sie war so zart. Wie ein Hühnchen, das Billabohne jedes Wochenende im *Ranstädter Büfett* aß, ohne Appetit, hastig und genußlos. Nun sah er Anke. Sie tanzte vor ihm, mit ihm, in der Küche bullerten die Spaghetti, und alles war schön. Billabohne schmeckte Hühnchen nicht, das einzige, was er empfand beim Biß in das Fleisch: zart, glatt, weiß. Anke hatte nackte Schultern. In die wollte Billabohne hineinbeißen, irgendwie, wollte Geschmack empfinden, endlich einmal Geschmack! Der Blues löste sich auf. Wieder lachte man. Billabohne gab sich Mühe. Er aß wie die anderen jungen Leute Spaghetti. Aber es störte ihn, wie alle lachten. Die Spaghetti schmeckten fad. Das alles kannte Billabohne nicht, und ihm wurde angst. Einer, der neben ihm saß, begann politisch zu reden. Er redete, was Billabohne nie gehört hatte. Es schien, als wäre er gegen Billabohne. Der Redner war nicht stolz, sondern laut. Seine Gabel fuhr heftig in die Spaghetti, wenn er sprach. Die anderen gaben Beifall. Anke legte neuen Blues auf. Billabohne hatte Angst. Er hörte weg. Schlang Spaghetti und ließ Anke nicht aus den Augen. Köstlich zart. Die Leute, die sie umgaben, waren Männer. Das sah Billabohne zum erstenmal. Und die Männer erzählten so politisch, daß Billabohne den Teller hinstellte und sich erhob. Spontan. Er wollte die Männer nicht bei Anke.

Werd glücklich, Bernchen, sagte Tante Milba. Seit der Opi tot war, kochte sie keinen Muckefuck mehr. Sie schimpfte auf die Ärzte und auf den Staat und wünschte ihrem Neffen Glück. Sie war stolz auf Billabohne, aber die Ärzte waren alle Verbrecher. Tante Milba hatte Krampfadern. Sie trug Gummistrümpfe und den Gedanken an eine Operation mit sich herum. Billabohne fürchtete die Krampfadern. Sie krochen ganz blau um die Beine der Tante. Tante Milba jammerte oft. Sie hatte Schmerzen. Ein wenig tat sie Billabohne leid.

Billabohne hatte nichts vermißt. Er wurde Kandidat. Er wurde stolz und glücklich und bereit. Er klingelte abends bei Anke und verbat sich die Musik und das laute Gelächter. Anke aber zog ihn immer wieder mal zu sich hinein. Billabohne liebte das Spontane nicht. Mit der Partei ging es auch nicht so schnell. Anke war zum Anbeißen. Sie war Theater und unbändig. Billabohne liebte die Kunst nicht. Er hatte den Wunsch, auf dem Schulappell zu klimpern. Die Stadthalle verdrängte er aus seinen Gedanken. Und Anke. Aber Anke spann ihn ein. Sie wollte mit ihm. Zurück war er schon lange nicht mehr. Obwohl er Billabohne hieß. Die Feten bei Anke liefen sich heiß. Die Leute darin wollten alles anders. Sie trugen Schwarz und gefärbtes Haar. Sie spielten Geige oder schrieben Verse. Sie zündeten Kerzen an, tranken Rotwein und schimpften auf den Staat. Sie hatten keine Krampfadern. Die Nächte wurden verschleudert, und wenn man einander liebte, durfte Billabohne nicht dabeisein.

Billabohne schaute aus seinem Fenster und beobachtete die Pioniere auf dem Schulhof. Man hatte ihnen vom Weltall erzählt, in der letzten Schulstunde. Nun flogen sie über den Hof mit ausgebreiteten Armen, und ihre Tücher wehten, wie mit Zündstoff getränkt. So sah es Billabohne. So war er auch gewesen. Obwohl er nicht fliegen konnte. Er sah nun alles von oben herab, von dem Balkon der Neubauwohnung mit den dünnen Wänden. Die Kinder winkten ihm zu und riefen: Billabohne! Billabohne! Billabohne grinste mit breitem Mund zu ihnen hinunter. Er war dabei. Er sah nirgendwo anders hin. So ließ man ihn gewähren. Gern hätte er Klavier gespielt.

Anke hing am Baum. Eines Morgens hing sie an der Eiche Ecke Dimitroffstraße. Billabohne hatte das Bild der Hühner vor Augen. *Max und Moritz* waren es gewesen, die sie gelockt hatten, gestopft mit leckerem Brot, die sie dann hochgehen ließen in den Baum. Billabohne sah Anke hängen und sah die Witwe kommen, die sie heulend abschneidet, zubereitet, knusprigbraun wie im *Ranstädter Büfett*, während sie bestohlen wird, hinterrücks durch den Schornstein von zwei kleinen Dreckskerlen, die sich fett fressen an den zarten Tieren, die zu Tode gekommen waren, ohne daß sie es gemerkt hatten. Er sah die beiden Mörder seiner Kindheit, der eine schwarz, der andere blond, die sich alles beschafften, Spaß Lust Ekel bis zum bitteren Ende in der Schrotmühle, aber das freilich war für Billabohne weniger bildhaft als eben die Hühner der Witwe, während Anke am Baum hing und heulend der Polizeiwagen heranfuhr, als ob er noch etwas retten könnte, einen Anker werfen für Anke, aber die hing ja so zart, so zum Anbeißen nahe für Billabohne, den die Polizei zur Seite schob, als hätte er mit alldem hier nichts zu schaffen.

Die Schrotmühle war für sie vorgesehen. Ihr ganzes Tun, ihre Streiche gegen gewöhnliches, biederes Schicksal liefen auf die Schrotmühle hinaus. Sie ahnten es nicht während ihrer ersten sechs verhängnisvollen Angriffe, sie trugen immer blaue und orangefarbene Hosen und blondes und schwarzes Haar und gingen skrupellos ins Geschäft. Ihre Mutter war die Bolte, ihr Vater der Lehrer Lämpel. Beiden machten sie den Garaus, erstickten ihr Lieblingsvieh, aßen sich satt daran und brachten die Stille des Lehrers zum Knall. Die Schrotmühle befand sich im Dorf. Das wußten sie. Doch sie waren nicht furchtsam. Sie saßen nie so herum, als ob sie nicht wüßten, was tun. Das Korn für das tägliche Gebäck ließen sie in den Sand rollen. Mit bösem Schnitt in die Maltersäcke. Das Ende stand ihnen bevor. Keiner starb durch sie, sie starben durch alle. Sie hatten nie gewartet in ihrem kurzen lustigen Leben. Nie gewartet auf Weltall und Glück, auf jenes befreiende Lachen, das sie in ihren Messern trugen. Billabohne hatte sie gern ausgemalt. Er liebte sie.

Die Hühnchen kaufte er im *Ranstädter Büfett*, die Frauen fürchtete er, wie er den Lehrer fürchtete; das Meckern des Schneiders war ihm der Inbegriff des Erwachsenseins, denn die Musik in der Nebenwohnung war immer zu laut, und es galt, sie zu untersagen, der Schlaf wollte sein. Billabohne zertrampelte all die Angriffe, die unter der Bettdecke hervorkamen, sie waren wie Maikäfer, steif und ekelerregend, er blieb Sieger über seine Träume. Er liebte keine Brezeln und wollte nicht stehlen, doch wenn Tante Milba es von ihm gefordert hätte, hätte er es womöglich getan, um danach für einen Vater, der Polizist war und alles regelte, Reue zu klimpern.

Billabohne zog *Max und Moritz* eine Uniform an. Mit dem Bleistift schmierte er über die Bilderbuchseiten. Alles machte er grau. Das tat er an dem Tag, als man Anke vom Baum schnitt. Er hätte zu Tante Milba gehen sollen. Dort wäre ihm der Ofen geheizt worden, und es hätte dicke, gute Bohnen mit Speck gegeben. Gewitterbohnen. Billabohne hätte es tun sollen. Oder zu den Kindern gehen. Auf den Appellplatz. Zu den stolzen, fleißigen Kindern, denen der Weltraum blüht und die es nur noch nicht erfahren haben, daß sie zu langsam gehen für die paar Lichtjahre, die ihre Zukunft genannt werden. Oder Billabohne hätte zu seiner Mutter gehen sollen, die in letzter Zeit immer nur so zu Hause herumsaß, als ob sie nicht wüßte, was tun. Aber Billabohne griff an.

Er war Virtuose. Die Tür zur Aula verschlossen. Billabohne stieg zum Fenster ein. Skrupellos zerdrückte er die Scheiben mit seinem Schuh. Er hatte immer so spielen wollen, daß man ihn hört. Er ist nicht spontan gewesen. Das, was er geliebt hatte, war vom Baum abgeschnitten worden. Er mußte nun allem zuvorkommen. Den Dieben auf dem Dach, die, während er irgendwo im Kraut rührte, ihm das köstlich Bereitete wegzogen. Dem Lehrer mußte er zuvorkommen, der die Aula für sich beansprucht, für sternenweisende Appelle. Billabohne setzte sich an das Klavier. Er begann zu spielen. Heftig und meisterhaft. Die Tonleitern zerbrach er Tritt für Tritt, etwas stürzte zusammen – das schöne blaue Gefühl des Dabeiseins. Billabohne spielte Klavier. Die Tonfolgen der Verwirrung, das Lied von den Bohnen, das Lied vom Baum, das Lied von der Wiederkehr aller Muster – er spielte durch die Muckefucks der Küchen, durch alle Krampfadern, durch Frankreich und jegliche erlogene und erstunkene Fronten, er spielte das alles kaputt. Keiner regelte den Verkehr, keiner spendete Beifall. Die ihn hörten, waren nicht die bunten Menschen, keine Stadthallenbesucher. Es waren Kinder, die an die Aulatür gelehnt standen und vernahmen, wie etwas zusammenbrach mit der Geschwindigkeit der Welträume. Und der Lehrer trat zwischen sie und zog sie weg, als ob sie mit alldem nichts zu tun hätten. Der is wirklich bekloppt, sagten die Größeren, und die Kleinen mochten sich von der Musik nicht losreißen.

Billabohne war Virtuose. Er spielte die Schrotmühle in meisterlicher Vollendung. Er drehte durch. Er war Kandidat. Auf dem Appellplatz ging das Pulver los. Werd glücklich, Bernchen, sagte jemand, und so spielte er sich in die Zeit.

Im Rathaus

Ein Viertel nach sechs schließt Anwalt Theobald Schneider den kleinen Raum unter dem Dach auf.
 Er wohnt im Rathaus über seiner Dienststelle. Das nimmt er als Privileg. Die anderen Kollegen kämpfen sich morgens und abends durch die Stadt, in ihren großen familienladenden Wagen, kämpfen sich von Bohnsdorf Zeuthen Zehlendorf nach Mitte und von Mitte nach Zehlendorf Zeuthen Bohnsdorf, kämpfen sich durch die Lawinen der Wagen und Straßenbahnen zu ihren Frauen, Kindern und Hausgärten.
 Anwalt Schneider dankt dem Schicksal für den kurzen Weg, der ihn in den Feierabend führt.
 Der Schlüssel rutscht ins Schloß. Die Tür öffnet sich. Theobald Schneider tritt ein. Das Dienstjackett legt er über den Kleiderständer, zupft den Saum gerade und sagt:
 – Guten Abend.
 Neben ihm die Wand antwortet: Krrrrr. Immer das gleiche, denkt der Anwalt, der Hausmeister hat vergessen, den Fahrstuhl abzuschalten. Nun knurrt die ganze Nacht über das Relais. Es befindet sich hinter der Wand, wo der Schacht ist.
 Zwei Schritte macht Theobald Schneider durch das Vorsälchen. Dann steht er im Zimmer. Das Relais schaltet gerade um – aber das hört der Mann nicht mehr mit der gleichen Deutlichkeit wie im Vorsälchen. Im Raum

ist es so still, daß Schneider das Glitzern seiner Krawattennadel vernimmt. Nach Dienstschluß schweigt das Rathaus. Schneiders Puls schlägt synkopisch. Ich hab's gut, denkt der Mann, muß nicht durch die Stadt, es quäkt und winselt nicht bei mir zu Hause. Das würde ihm den Verstand rauben. Er öffnet die Krawattennadel, nimmt sie ab, legt sie auf eine Konsole und geht drei Schritte durch den Raum. Jetzt hört auch die Nadel auf zu glitzern. Theobald Schneider hat Ruhe nach dem langen nervösen Tag.

An der schrägen Decke des Raumes befindet sich eine Luke, durch die ein wenig Licht vom Berliner Himmel fällt. Wenn Theobald Schneider den Tüll davor zur Seite schiebt, gibt es einen heftigen Strahl Sonne, der einen schitternden Fleck auf den Teppich wirft. Das mag der Anwalt nicht.

– Guten Abend, sagt er noch einmal.

Sein rechter Arm nimmt den Gruß auf: er winkelt sich vor der Brust, die Hand greift die linke Schulter, drückt sie, auch der linke Arm reagiert, kreuzt den rechten, die Hand faßt die freie Schulter. So steht Theobald Schneider in seinem Raum. Beide Hände greifen nach hinten. Jetzt berühren die Finger die Schulterblätter, das Armkreuz geöffnet, die Ellenbogen heben sich in der Verschränkung. Theobald Schneiders Handflächen beginnen Theobald Schneiders Schulterblätter zu streicheln. Dicke kleine Finger mit sauberen Kuppen huschen über den Hemdstoff, auf und nieder, zwei Handbreit maximale Fläche – die kleinen Flügel flattern über den Rükken, fassen höher an Theobald Schneiders Ohrläppchen – der rechte Ellenbogen ruht in der linken Armbeuge –, sie befingern die Läppchen, knuddeln sie zum Willkommen, stoßen dann ins Haupthaar, das so tief nicht ist, eher schütter, ein leichter akademischer Flaum auf Theobald Schneiders Kopf.

– Guten Abend, mein Lieber, flüstert der Mann.

Er läßt die Arme fallen. Tut drei Schritte durch den Raum. Setzt sich in den Sessel und streift die Schuhe von den Füßen.

– Wir haben heute enorm viel zu tun gehabt, sagt der Anwalt, und: Nun stell dir mal vor, wir müßten jetzt noch nach Bohnsdorf oder Zeuthen oder Zehlendorf.

Es pocht an die Luke. Theobald Schneiders Leib zuckt zusammen. Auf der Luke liegt ein Gesicht: der Mund riesig und schief, grauer kurzer Bart, die Nase zinkengroß, die Ohren spitz.

– Guten Abend, sagt das Gesicht hinter dem Glas, ich bin der Fensterputzer!

– Ach so, sagt Schneider, Sie machen Überstunden.

Kurz darauf ist das Gesicht verschwunden. Eine Hand liegt auf der Luke. Die Hand wischt das Glas. Quietschend verflüchtigt sich der dünne Dreckfilm und bleibt haften an der gelben Haut. Ein viereckiger Rest Abendsonne fällt auf den Teppich. Mein Fenster ist so klein, daß eine Hand genügt, es sauber zu halten, denkt der Anwalt. Er führt seinen rechten Handrücken zum Mund. Während die Lippen auf die vorgewölbten Adern stupsen, kommt der Feierabend in den Raum, müde, schwer, ganz ohne Kampf.

Als Theobald Schneider schlafen gehen will, klopft es an der Tür. Eine Klingel gibt es nicht, denn Schneider hat niemanden, der sie betätigen würde. Jetzt klopft es, und der Anwalt spürt das Herz im Hals.

Warum wird man um diese Zeit noch gestört.

Schneider tritt an die Tür. Das Vorsälchen schwankt. Er öffnet die Tür einen Spaltbreit und flüstert:
– Was wollen Sie?
– Der Schlüssel ist weg. Vom Dach in die Dachrinne gerutscht.
Der Anwalt schließt die Tür. Unverschämtheit! denkt er. Von draußen klopft es.
– Du gibst keine Ruhe. Wie die Frauen und Kinder! zischt Theobald Schneider.
Er öffnet abermals und sagt durch den Spalt:
– Sie befinden sich hier im Rathaus. Es ist Feierabend.
– Eben! sagt der Fensterputzer.
Er steckt schnell einen Fuß in den Spalt, damit die Tür nicht wieder geschlossen werden konnte. Schneider drückt zu. Mit aller Wucht wirft er sich dagegen. Der Fuß kracht. Der Fensterputzer geht zu Boden. Jetzt plärrt er wie ein Kind, denkt der Anwalt, dabei hat doch der Hausmeister einen Ersatzschlüssel.
– Ich verklage Sie! heult der Fensterputzer.
– Eine viel zu laute Zeit, sagt Theobald Schneider und tritt zurück in den Raum, wo Sessel und Bett stehen. Er zieht Hose und Hemd aus, legt sie über die Stuhllehne. Mit beiden Händen streichelt er die weiße, haarlose Brust. Die Zeigefinger ziehen Kreise um die Brustwarzen. Das macht müde. Über der Fensterluke ist es dunkel. Der Anwalt zieht den Schlafanzug an und legt sich zu Bett.
– Morgen werde ich mir den Hausmeister vornehmen, sagt er.

Der Graf am Tisch

Am 2. Januar des Jahres 1995 saß der 64jährige Graf Heinz von Schaddel, keine einsfünfzig groß, den Krempenhut ins Genick geschoben, in der »Laterne«. Die Kneipe im Berliner Osten faßte drei runde Tische, einen winzigen Stehtresen, insgesamt nicht mehr als zwölf Stühle. Die uralten Lampen mit bunten Tüchern verhängt, die Luft hochprozentiger Rauch.

Am Neujahrstag hatte der Graf bei der Gräfin im Oderberger-Tiefparterre-Castle gesessen, am grünen Kachelofen, und geschworen:

– Nie wieder »Laterne«.

Die Gräfin hatte kurz geseufzt und gesagt:

– Das wird doch nichts.

Und die Gräfin sollte recht behalten: Dem Grafen erwachte beim familiären Tee schon wieder der Wunsch nach dem kleinen Lokal, wo er sitzen und ein Schöppchen Wein trinken konnte, oder zwei, wenn es die Gäste zuließen. Aber zu Neujahr blieb er bei der Gräfin. Sie nahm ihm sein Versprechen ab und wachte darüber. Noch am selben Abend drehte der Graf eine Runde im Kiez und kam nach zwanzig Minuten zurück: Die »Laterne« hatte geschlossen.

– Na siehst du! triumphierte er.

Am 2. Januar zersprang die Glühbirne im Oderberger-Tiefparterre-Castle. Die Gräfin steckte Kerzen auf, und der Graf sagte:

– Ich kaufe eine neue Glühbirne.

Er zog am Nachmittag los. Unter der alten Kaninchenfelljacke trug er einen Anzug, der bis weit ins letzte Jahrhundert des Schaddelschen Adelsgeschlechts zurückführte: der braune Stoff war an einigen Stellen olivfarben geworden und die schüttere Gewebestruktur dem Haar angepaßt. Unter dem Anzug trug der Graf ein weißes Hemd, Brokatweste und Krawatte. In der Christinenstraße kaufte er die Glühbirne und steckte sie in einen Beutel. Er lief die Kollwitz hoch, es war ein frischer schneeloser Tag. Er bog ab in die Husemann, zurück über Wolliner und Schönhauser. Es wurde Abend. Die »Laterne« war geöffnet. Durch den Türspalt sah der Graf den Italiener und den Eunuchen. Am Tresen – er erkannte es genau – lehnte Ben di Romm, der Künstler.

Der Graf hängte den Beutel mit der Glühbirne über die Stuhllehne. Der Eunuch begrüßte ihn per Handschlag und flüsterte:

– Dachte schon, du kommst in diesem Jahr nicht.

Der Eunuch hieß eigentlich Fred Gehrke. Der ehemalige Countertenor litt seit Jahren an gebrochener Stimme. Er wurde invalid geschrieben, weil er nur noch zu flüstern vermochte und zudem Zinkmangel seinen Leib völlig enthaart hatte. Er gab sich selbst den Titel Eunuch, obgleich er mit seiner Frau, einer Theaterinspizientin, alle zwei Jahre ein Kind zeugte. In der Wohnung des Eunuchen waren acht Kinder um ihn herum. Sie spielten und wuselten und zerrten ihn in die Verzweiflung. Die »Laterne« war sein wirkliches Zuhause.

– Ich muß gleich zur Gräfin, sagte der Graf.

Die Wirtin brachte das übliche Schöppchen. Wer es bezahlen würde, stand noch nicht fest. Diesmal vielleicht Bruno Cappelli, der Italiener. Bruno hatte, die Gunst der

Zeit nutzend, vor drei Jahren eine Pizzeria im Osten eröffnet. Vier Wochen lang konnte er von gutem Umsatz sprechen, dann wurden eines Nachts Gastraum und Küche zerschossen, aus gutem Grunde, wie seine Landsleute ihn wissen ließen. Bruno hatte nach langen Verzweiflungstagen in der »Laterne« als Koch angeheuert. Aber dort wurden nur Soleier und saure Gurken serviert. Bruno blieb Gast und erzählte dem Grafen, dem Eunuchen und dem Künstler von der Mittelmeerküste und den italienischen Frauen.

Der Graf rieb sich die kleinen Hände. Hier war es warm und gemütlich.

– Ein halbes Stündchen nur, sagte er, die Gräfin wartet.

Ben di Romm trat vom Tresen an den Tisch, an dem der Graf saß. Er war einer jener jungen Männer, die ganz aus der Kunst heraus lebten, in einem Abbruchhaus, dem letzten in der Schendelgasse. Das einzig Menschliche an Ben di Romm war, daß er Wein trank, auf Pump, wie auch der Graf. Dabei erzählte er von plexischen Rätselräumen, die er zu schaffen gedachte. Der Graf gab vor, es zu begreifen: die komplexen Affekte, die phobischen wie der Phobie entgegenwirkenden Phänomene. Ben di Romm hatte glänzende Lippen, aus denen er alles entstehen ließ, was in moderner Wildheit das Lokal füllte. Der Graf nickte dazu. Auch dem Eunuchen und dem Italiener war es recht. Die Wirtin füllte die Gläser auf.

Wann die Frau in die »Laterne« gekommen war, konnte keiner der Männer sagen. Sie saß plötzlich zwischen ihnen. Eine Touristin mit donnerschwarzem Haar, wie der Graf sie bezeichnete. Sie trug eine rotgerahmte Brille, einen gebauschten Pullover, Ohrgehänge und Ringe. Sie war aus einer Laune heraus entzückt und sagte:

– Ach Gott, wie niedlich! zu dem kleinen Grafen. Der Graf erklärte, daß er ein Graf sei, ein echter Schaddel, altes Geschlecht aus der Elbgegend, und für den Namen Heinz schäme er sich, dagegen sei aber nichts zu machen. Auch Bruno Cappelli wollte seine Geschichte anbringen, und der Eunuch begann schon über die Anzahl seiner Kinder zu jammern. Ben di Romm sah sich von seinen Ausführungen über Farbraummetamorphosen abgebracht, schwieg aber, weil er an plötzlich aufkommendem Duft erkannte, daß es sich bei irgendwem lohne, ein Hanftütchen zu schnorren.

Der Graf wuchs. Er rückte seinen Krempenhut zurecht. Er setzte sich aufrecht. Begann zu erzählen. Diese Geschichte, wohl hundertmal in der »Laterne« ausgetragen, von einstigem Reichtum und gegenwärtiger Armut handelnd.

– Wie interessant! sagte die Frau, und Sie sind wirklich ein echter Graf?

– Ich schreibe seit vielen Jahren meine Geschichte auf. Vierhundert Seiten habe ich schon, gleich bin ich am Ende. Aber kein Verlag will es drucken.

– Da mihi aliquid potum! rief die Frau Richtung Tresen.

– Was sagt sie? fragte der Eunuch, und Bruno wußte, daß es nichts Italienisches sein konnte.

– Das war Latein, erklärte der Graf ehrfurchtsvoll, es heißt: Gib mir etwas zu trinken!

Die Wirtin brachte Wein.

– Alles auf meine Rechnung, sagte die Frau.

Ben di Romm setzte sich wieder an den Tisch. Ob sie sich auch in ornamentalen Chromosomenmustern auskenne, erkundigte er sich bei der Frau. Der Graf unterbrach den Künstler:

– Belästige die Dame nicht.

Dann redete er von Dante und Camus, Ovid und von Osborne, der die Menschheit vor den Weibern warnte. Die Frau lachte zu allem. Sie tranken sich feurig. Sie bestellten Soleier und Gurken. Immer schwächer wurde das Licht im Lokal.

– Jetzt muß ich aber los zur Gräfin.

Dem Graf fiel sein Versprechen ein, und er griff nach dem Beutel mit der Glühbirne.

– Ich bin Verlegerin, sagte die Frau mit den donnerschwarzen Haaren.

Der Graf hängte den Beutel an die Stuhllehne zurück. Er zog den Hut, richtete die Krawatte. Die Frau hatte die Ärmel des Pullovers hochgezogen. Es war warm geworden. Der Graf drehte sich zu ihr. Er wollte etwas erwidern, den Verdacht zurechtrücken, es könne sich bei seinem Leben um eine erlogene Geschichte handeln. Er wollte eine Visitenkarte aus der Weste ziehen, den Druck »Graf Heinz von Schaddel« als Beweis vorlegend, aber er hob die Hände wie ein Klavierspieler, verharrte in der Luft und schlug dann sanft an auf den Unterarmen der Frau. Seine langen Fingernägel hinterließen kleine blasse Punkte auf ihrer Haut. Er zog die Finger sofort zurück und sagte:

– Gnädige Frau, Sie sind ein Wunder!

Der Eunuch grinste, der Italiener kratzte sich den Kopf. Ben di Romm schwieg. Irgend etwas begehrte auch er. Die Frau zog die Pulloverärmel wieder herunter und erhob sich. Auch der Graf stand auf. Zwei Köpfe kleiner als sie. Er war daran gewöhnt. Er drückte ihr die Hände.

– Ich werde Ihr Leben verlegen, sagte die Frau.

Der Graf zuckte zusammen. Biß sich auf die Lippen und hatte plötzlich nasse Augen. Der Eunuch begab sich auf die Toilette. Bruno Cappelli wollte dem Glück des Kumpans nicht im Wege stehen und ging zum Tresen. Ben di Romm gesellte sich zu dem Italiener. Danke! wollte der Graf sagen, aber er konnte die Zunge nicht bewegen. Die Frau trat durch den Kneipendunst ins Freie. Dann verschwand sie aus dem Blick des Mannes. Eine einzige Glühbirne erhellte noch die »Laterne«, und der Graf setzte sich an den Tisch.

Eva und Adam

In Rom, auf der Via A Musa, direkt vor dem hinteren Eingang zur Villa Torlonia, begegnete ich dem seltsamen Mann. Um seinen Rang nicht wissend, starrte ich ihn wegen seines Aufzuges an: Tannengrüne Hosen. Eine graublaue Joppe, mit Messingknöpfen und Eichenholzstäbchen verziert, bedeckte die Weste. Darunter ein weißes Hemd. Der Kragen, den Kinnwulst einschneidend, steif und scharfkantig. Den roten Schlips schmückte ein goldenes Blech. Grau Schnurrbart und Haarkranz, der große sackförmige Schädel von rotbraunem Teint.

– Einszweidrei, sagte er freundlich und neigte den Kopf, als erwarte er Applaus.

Ob er zu einer besonderen Veranstaltung gehe, wollte ich mit Hinweis auf den seltsamen Aufzug, den er trug, wissen. Er kniff die Augen zusammen und zog den Schnurrbart breit.

– Alles Widerstand, flüsterte er.

Er erklärte mir, er sei Opernsänger, Maler und General, eine hübsche Mischung, und ob ich Lust hätte, ihn zu besuchen. Wir gingen gemeinsam zu seinem Quartier in der Via Zara, zwischen Villa Paganini und Villa Torlonia.

Wir betraten die Wohnung, und der General befahl, sich nicht so gründlich umzusehen, denn es gäbe keine Frau im Haus. Er bot mir Grappa an, den ich wegen der frühen Tageszeit ablehnte. Statt dessen bat ich ihn zu erzählen, was ihn zum Widerstand getrieben hätte.

– Alles, lautete seine vage Antwort.

Wie sich herausstellte, war er maulfaul. Eine Weile blieb ich gehorsam auf dem alten Ledersessel sitzen, auf den er mich placiert hatte. Als das Schweigen zu lang wurde, erhob ich mich, um Abschied zu nehmen. Der General nahm meine Hand und geleitete mich in einen anderen Raum.

– Singen kann ich nicht mehr, sagte er, Stimmbandriß an der Westfront, schlecht operiert, aber ich zeige Ihnen etwas.

Der General führte mich ins Feld. Er lockerte den Schlipsknoten und blickte mich triumphierend an. Das Zimmer, in dem nur eine Truhe und ein Schemel standen, war bis in die Ecken zum Miniaturschlachtenschauplatz umfunktioniert. Er war Modellmaler. Zunächst holte er zwei Schachteln aus der Truhe, in der sich kleine nackte Kunststoffiguren fanden.

– Modell Eva und Modell Adam, erklärte er, damit fängt alles an.

Die Truhe barg außerdem Kisten voller Farbdöschen, Leimtuben, Lösungsmittel, Haarpinsel, Pinzetten und eine Lupenbrille.

– Nehmen wir Eva, sagte der General, knüpfte Joppe und Weste auf und setzte sich breitbeinig auf den Schemel.

– Was wollen wir im Krieg mit einer Eva? Sagen Sie es mir!

Ich schwieg. Wie Föten lagen die weißen Frauenkörperchen in meiner Hand.

– Mit einer Eva können wir im Krieg nichts anfangen! rief der General, aber aus einer Eva können wir eine

Kurtisane machen, oder eine Marketenderin oder einfach eine Zivilistin.

Er setzte die Lupenbrille auf. Seine wurstigen Finger hielten den Pinsel, der so dünn wie eine Spaghetti war. Damit tippte er in ein Farbdöschen und tupfte das Gesicht der Figur beigefarbig.

– Haut, sagte der General.

Er nahm einen neuen Pinsel, ging in andere Farbe und versah die Eva mit Feuerrot und Hellblau. In einer dritten Schachtel befanden sich diverse Kleinteile: Spitzen, Kanten, Rundungen, auch Waffen und Ausrüstungsgegenstände. Der General klebte einige dieser Teile um den Schoß der Eva und bemalte ihn sorgsam.

– Marketenderin! stellte der Künstler das fertige Modell vor. Ähnliches vollführte er nun am Modell Adam. Vor meinen Augen zauberte er winzige Krieger und Soldaten und ließ sie sogleich in die Schlacht ziehen. Während des Bemalens rief er:

– Anthrazit für Leder! Schwarz für Sohlen und Tornister! Blaugrau für Feldflasche und Hose! Karminrot für Jacke! Weiß für Schulterstücke und Kordel! Geld für Kragen! Britische Infanterie, meine Dame, Napoleonischer Krieg! Messing für Helm und Gürtel! Silber fürs Bajonett! Feuerrot für Lippen und Wunden, Fleischfarben für ...

Der General nahm die Lupenbrille vom Gesicht.

– Für mein Alter hätten Sie mir eine so ruhige Hand nicht zugetraut, nicht wahr? fragte er.

Ich nickte. Böllerndes Lachen. Der General schwitzte unter dem dicken Stoff und knöpfte den Hemdkragen auf. Dann führte er den Beweis.

– Fünftes, sechstes Jahrhundert, begann er, Angelsachsen gegen Normannen, Siebenjähriger Krieg, Preußische Husaren; hier Napoleon, Englisches Fußvolk, Kaiserliche Artillerie, Preußische, Russische Infanterie; naturgetreu, sage ich Ihnen! Deutsche Pioniere, Südstaateninfanterie – jetzt wird es spannend: der Erste, der Zweite Weltkrieg, modern alles, auch Fahrzeuge, Panzer, Kettenkrafträder, Buffalo Amphibian, hier der Leopard, Hetzer und Humber, Jagdpanzer, Flammpanzer...

Der General riß das Hemd auf. Heiß war ihm geworden. Er stieg im Zehengang durch die Geschichte. Noch das winzigste Teil erklärte er mir: Panzerjacke, Kopfhörer und Pistolen, in akribischer Arbeit hergestellt.

– Jaja, da staunen Sie! sagte der General und fügte hinzu:

– Man kann aber auch alles kaufen. Fertig bemalt. Für die, die es selbst nicht mehr können. Schauen Sie, der ist nicht auf meinem Mist gewachsen: eins zu zweiunddreißig, Feldmarschall Erwin Rommel, Kommandant des Deutschen Afrikacorps, Sie kennen ihn?

Ich starrte auf den roten Schlips, den der General über die Truhe geworfen hatte.

– Ich muß jetzt gehen, sagte ich.

Er legte den Arm um mich und behauptete, so hätten sich viele Deutsche aus dem Geschehen gezogen – wenn es am spannendsten geworden wäre, seien sie ausgestiegen. Bei diesen Worten glänzten seine Augen in traurigem Blaugrau. Ich gab nach. Der General führte mir nun Sturmgeschütze und die Rakete Bristol Bluthund vor. Fallschirmjäger von Montecassino 1944 neben einem originalgetreu nachgebildeten Ardennensturmbannführer. Er erläuterte den Unterschied zwischen industriell und handbemalten Modellen. Zu diesem Zwecke öffnete er eine noch versiegelte Schachtel, in der sich, in einer

Mischung von eins zu eins, Deutsche SS-Schützen und Russische Soldaten befanden. Und wirklich: die Bemalung war unsauber, die Gesichter unkenntlich und einige Farben gar unhistorisch.

– Pfusch! Pfusch für die, die es nicht mehr können!

Wütend zog er seine Joppe aus und warf sie neben die Truhe. Das Hemd war schweißnaß. Schwerfällig ließ sich der General auf die Knie nieder.

– Sehen Sie diesen Jeep. Ein Willy aus dem Zweiten Weltkrieg. Khakibraun. Oder Khakigelb, wie Sie wollen. Tarnung muß sein. Besser als Widerstand. Warum wissen die Leute nichts mehr von Tarnung?

Er zog das Hemd aus der Hose.

– Ich danke Ihnen, es war interessant, sagte ich und bewegte mich zur Tür. Dabei trat ich mitten in ein Napoleonisches Heer. Es knackte unter meinen Füßen. Ich sah des Generals Geschütze auf mich gerichtet und duckte mich. Aber der General sagte milde:

– Alles will gelernt sein. Sehen Sie sich in Zukunft vor. Er hatte das Hemd abgelegt und baute sich vor mir auf, die weiße Brust gewölbt. Unter meinen Füßen knackte die Britische Infanterie.

– Alles Verluste, flüsterte der General.

Ich war an der Tür. Zuvor hatte ich versehentlich noch die Marketenderin umgestoßen. Brennende Enttäuschung ergriff den Maler. Er öffnete die tannengrüne Trachtenhose und ließ sie zu Boden gleiten.

So muß er noch lange gestanden und langsam und ratlos den Kopf geschüttelt haben.

Das Mittwochsmenü

Dr. Hubert Endenthum, Direktor des Zuckermuseums der kleinen Stadt Stinopel, öffnet die Tür. Der Blick geht wie jeden Tag zuerst durch den gesamten Raum: kein Exponat fehlt, alles ist an seinem Platz. Sodann legt Dr. Endenthum beide Hände auf den Bauch, atmet aus: dieser Mittwoch kann beginnen wie alle Mittwoche. Endenthum hebt mit der Linken den Goldstahlzwicker auf der Nase etwas an und fährt mit Daumen und Zeigefinger der Rechten über die rote Druckstelle. Mit dem Chiffontuch tupft er Glatze, Haarkranz, Hals. Er faltet das Tuch zusammen und steckt es in die Innentasche seines Pepita-Jacketts. Der Zwicker sitzt, der Krawattenknoten ist festgeschoben. Den Mittwoch kann ich immer am besten angehen, denkt der Direktor.

Dr. Endenthums Museum ist ein überschaubares und dennoch beträchtlich zu nennendes Räumchen im Tiefparterre eines alten Mietshauses. Bis 1990 war das Museum der Universität angeschlossen. Seitdem leitet es Dr. Endenthum privat, ohne Mitarbeiter und fremden Zugriff. Er weiß, was er besitzt. Der Kopf katalogisiert Schaustücke und Schrifttafeln. Alles ist an seinem Platz, und die Geschichte der Zuckergewinnung hat er abrufbar im Gedächtnis, so daß er jederzeit Referate unterschiedlicher Ausführlichkeit zu halten imstande ist. Gelegentlich füttert er Besucher mit Brocken persönlicher Berichterstattung an.

Ich bin der Urenkel von Professor Eilhard Mitscherlich, jenem berühmten Orientalisten und Chemiker, Entdecker des kristallographischen Gesetzes der Isomorphie. Ihm verdankt man die optische Methode der Zuckerbestimmung ... Je nach Interessenlage und Geduld der Besucher referiert Endenthum anhand von Kalotten-Modellen, alten Honigschleudern und sorgsam auf Pappe gezogenen Fotografien die Geschichte des Zuckers. Stößt er bei den Besuchern auf ernsthafte Neugier, wird ihm heiß unter dem Jackett.

– Gehen wir ins Detail, sagt er dann. Er hebt den Zwicker, egalisiert die Druckstelle an den Nasenflügeln.

– Auf diesem Foto sehen wir Frauen beim Rübenhakken in Klein Wanzleben, und in diesem Kasten haben wir das Modell der K-Atome, der O-Atome und der H-Atome. – Endenthum blinzelt, testet das Fassungsvermögen der Besucher. Folgen sie seinen Worten, ohne den Blick schweifen zu lassen, führt er sie zur großen Bienenwabe, zu historischen Siruptöpfen, geleitet sie durch Galerien von Zuckerkästen, Rübensamenkulturen und diversen Naßpräparaten. Kommt ein kompletter zweistündiger Rundgang zustande, ohne daß die Besucher müde geworden sind, beendet der Direktor seine Ausführungen über den Zucker stets mit dem Satz: Fotosynthese ist Schöpfung durch Licht. – Sein Schöpfer läßt die Erkenntnis gleichsam als Bonbon für jeden Besucher verteilen.

– Kommen Sie uns wieder einmal besuchen! Die Geschichte des Zuckers ist von welthistorischer Bedeutung, und Stinopel, mein Museum, trägt einen unermeßlichen Anteil daran...

Hat Endenthum die Besucher verabschiedet, tritt er zurück in sein Reich. Das Chiffontuch tupft über Glatze,

Haarkranz, Hals. In der Mitte des größeren Raumes steht eine Dreiwalzen-Zuckerrohrmühle aus Bolivien. Endenthum tätschelt das alte Gerät und sagt:
– Gut gemacht, jetzt können wir den Tag angehen.

Mittwochnachmittag geht Dr. Endenthum ins »Sambalita«. Für zwei Stunden schließt er das Zuckermuseum, hängt ein Pappschild vor die Tür: MITTWOCH PAUSE VON 12.00 – 14.00 UHR.
Dreimal schließt Endenthum das Schloß herum. Prüft die Festigkeit des Schildes, rückt die Krawatte zurecht und verläßt seine Arbeitsstelle.
Das »Sambalita« befindet sich gegenüber der Barmer'schen Bilderhandlung. Manuel Barmer, Geschäftsinhaber, Kunstliebhaber und Hobbygrafiker, schließt zur selben Zeit seinen Laden und macht sich auf den Weg in die angesehene Restauration. Er trifft Dr. Endenthum auf der Straße. Gibt ihm die Hand und sagt:
– Boss! Sie benutzen heute das Parfum von Hugo Boss?
– Jaja, lacht Endenthum, wenn man so viel mit Süßem zu tun hat wie ich, muß man ein herb-frisches Parfum irgendwann dem blumigen vorziehen, der Hauch schlanker Männlichkeit gegen die dicke Frau Rübe.
Die Männer lachen. Jeden Mittwoch, wenn sie sich im »Sambalita« treffen, erfinden sie einen neuen Witz. In der Gaststube wartet schon Maria Nawlonski, Psychotherapeutin in der Städtischen Nervenklinik. In der Hand hält sie einen Campari pur, mit dem sie sich die Zunge befeuchtet.
– Da sind wir wieder, grüßt Hubert Endenthum, und Manuel Barmer macht einen Diener. Die Herren nehmen zu beiden Seiten der Nawlonski Platz.

– Natürlich kommt Katka zu spät, räsoniert Endenthum.
– Natürlich, sagt Barmer. Und Maria Nawlonski:
– Natürlich, so sind die Dichterinnen.
Der Kellner reicht die ledergebundene Speisekarte. Ohne zu fragen weiß er, was die Gäste an Getränken wünschen. Jedes Mittwochsmenü wird eingeleitet mit einem Schoppen 82er Rothschild für Dr. Endenthum und einem Sherry für Manuel Barmer, extra dry, versteht sich.
– Immer zu spät, murmelt Endenthum.
Er verachtet Unpünktlichkeit. Obwohl er weiß, daß die von ihm verehrte Dichterin Katka Lorenz, Stadtschreiberin von Stinopel, ein Recht auf Verspätung hat.
– Kreatives Verhalten bewirkt unter anderem ein gestörtes Verhältnis des Patienten zum terminalen Zeitgefühl, sagt Maria Nawlonski.
Sie legt nicht viel Wert auf die Anwesenheit der Person Katka Lorenz, denn diese bedeutet einen *Fall*. Zum Mittwochsmenü möchte Maria Nawlonski keine *Fälle* in der Nähe haben. Hubert Endenthum schlägt den schweren Deckel der Speisekarte auf. Zufrieden geht sein Blick über das Angebot: nichts ist Standard im »Sambalita«, die Auswahl bedeutend und von einiger Exotik.
– Ich nehme den Speckbraten auf Safrankroketten und als Vorspeise Tunesische Sardellen.
– Und ich als Vorspeise Wachtelbrüstchen und dann den Hirsch auf Wildbeerenreis!
Der magere Bilderhändler hebt beschwörend die rechte Hand. Er legt Wert auf einen langen Blick der beiden Freunde: Fingerkuppen und Fingernägel sind schwarz gerändert, als hätte er Kohlen gestapelt.

– Man arbeitet zuviel, sagt Barmer, drei Radierungen an einem Tag!
– Ach, sagt Endenthum, Sie haben wieder Grafik gemacht?
– Nun ja, für mich, man kann schrubben, wie man will, die Farbe geht nicht von den Fingern.
– Vorspeise Gemüseauflauf, Hauptgericht Broccoli, überbacken mit Roquefort, und Prinzeßbohnen. – Maria Nawlonski ignoriert Barmers Talent. Kreativität läßt sie einzig als Therapie für Ich-lose gelten, und bei Barmer liegt keine Therapie vor. Endenthum dagegen zeigt Ehrfurcht. Barmers Begeisterung für bildende Kunst ähnelt der seinen für die Geschichte des Zuckers. Gewissermaßen führt die Kollegenschaft jeden Mittwoch zusammen. Die Bekanntschaft mit Frl. Nawlonski kam auf anderem Wege zustande. An einem Mittwoch, im Januar 1985, saß sie im »Sambalita«. Nach dem ersten Campari nahm ihr Blick durch die pflanzenumrankten Sitznischen zwei speisende Herren wahr; nach dem zweiten Campari stellte sie fest, daß beide frei von Zwängen und Depressionen waren, also nichts von ihr wollten; nach dem dritten Campari setzte sich Frl. Nawlonski zu ihnen. Stellte sich als Psychotherapeutin vor und erklärte:
– Wenn man mir ein bißchen Leben zugestehen will, ein bißchen Normalmensch, dann müssen Sie mich hier in der Runde dulden.
Den Herren war es recht, obgleich der Bilderhändler eine ansehnlichere Dame vorgezogen hätte. Frl. Nawlonski war von faltiger Gewöhnlichkeit: ihr Haar bedurfte einmal täglich eines Shampoos, da es im Verlaufe von zwölf Stunden nachfettete und in stumpfe Strähnen zerfiel. Sie zählte erst dreißig Jahre und trug eine von Sorgen umwölkte Stirn. Es waren vor allem die Sorgen

anderer, die sie zu lösen hatte, und diese ballten sich zu einer einzigen eigenen Sorge. Kein Wunder, daß sie die Gesellschaft der Männer suchte und fand. Hubert Endenthum hatte sich ihr vorgestellt mit: Direktor des Zuckermuseums, verheiratet, zwei Kinder. Manuel Barmer betonte ebenfalls, daß er verheiratet sei. Das war allerdings gelogen. Seitdem traf man sich jeden Mittwoch zu dritt am selben Tisch hinter dem künstlichen Benjamin ficus, speiste zu Mittag und ging 14.00 Uhr wieder zur Arbeit. Erst 1987 stieß Katka Lorenz dazu. Der Bürgermeister von Stinopel weihte die frischgebackene Stadtschreiberin in die besseren Restaurationen der Stadt ein und stellte der Dichterin bei dieser Gelegenheit Endenthum, Barmer und Frl. Nawlonski vor. Daraus folgte ein erstes gemeinsames Besäufnis, bei dem sogar das mürrische Frl. Nawlonski aus sich herausging und ausrief:
– Endlich eine Frau, die weiß, was sie will!
Aber Katka Lorenz wußte durchaus nicht, was sie wollte. Sie gehörte zwar bald zum festen Bestandteil des allwöchentlichen Mittwoch-Treffs im »Sambalita«, war aber im Grunde völlig unfähig, die hohe Kultur der cuisine ernsthaft zu genießen. Getrüffelte Austernbaguettes, Magnolienrisotto oder gebackene Yucca schlang sie herunter wie Bratkartoffeln. Dazu trank sie, allen Regeln widersprechend, bayerisches Hefeweizenbier. Sie prägte die schillernde Wendung, dieses Gesöff sei der »Knödel unter den Bieren«, wodurch sie pikiertes Lachen auslöste. Katka Lorenz war unruhig, grob und ordinär. Ihr Gesicht hatte großporige Haut. Stets trug sie zu enge T-Shirts und zu bunte Hosen. Alles an ihr war fleckig oder geflickt, obwohl die Stadt ein horrendes Stipendium von 3 000,– Mark monatlich zahlte. Katka

war eine Schlampe und genoß es. Den Bilderhändler vergnügte, den Direktor des Zuckermuseums verwirrte sie damit. Nur Frl. Nawlonski durchschaute Katka Lorenz sehr bald: pathologische Hemmungslosigkeit nicht ausgeschlossen. Trotz allen unterschwelligen Widersprüchen traf das Quartett sich regelmäßig. Es war Hubert Endenthum, der Wert auf diese Regelmäßigkeit legte, und ab und an, wenn er glaubte, der Mittwochskreis sei in seinem Fortbestehen aufgrund aufkommenden Überdrusses gefährdet, spendierte er das gesamte Menü und erhielt so die Ordnung.

Der Kellner nimmt die Bestellung auf. Katka Lorenz tritt in das Lokal, stürmisch, setzt sich schwungvoll an den Tisch.

– Ich heirate!

Hubert Endenthum hebt die Lippen. Sitzt starr. Barmer findet allein schon die Gegenwart Katkas als zudringlich. Er sagt:

– Gottseidank bin ich nicht verheiratet.

Frl. Nawlonski sagt überhaupt nichts.

– Wie üblich ein Hefeweizen? fragt der Kellner.

– Sekt! ruft Katka Lorenz. Für alle!

Hubert Endenthum zuckt zusammen. Schon der Gedanke an Sekt erzeugt bei ihm Sodbrennen. Wenn ein so unruhiges Getränk auf den Rothschild folgte, wären die feinfühligen Weingeschmacksnerven ruiniert. Endenthum unterdrückt die Bedenken.

Als man seinerzeit das Mittwochsmenü als eine dauerhafte Einrichtung verabredete, hatte es auch Sekt gegeben. Endenthum spendierte zwei Flaschen echten Champagner, wobei er meinte: Champagner verdient den profanen Namen Sekt nicht. – Man trank zu viert, speiste Lachsröllchen, Entenleber auf Likörbirne und zum Nachtisch flambiertes Walnußeis. Man stieß aufeinander an und erhob Zucker, Bildende Kunst und Dichtung zu den Hauptthemata des Kreises. Frl. Nawlonski hatte es abgelehnt, über psychotherapeutische Probleme zu sprechen. Sie könne sich dann nicht auf das Essen konzentrieren. Aber das hielt sie nicht von gelegentlichen Einwürfen ab.

– Mein lieber Doktor Endenthum, Sie sollten keine bunten Krawatten tragen, wollen Sie damit etwa von Ihrem Gesicht ablenken?

Der Museumsdirektor überhörte so etwas generös.

– Wißt ihr, wenn ich heute noch diese Welt verlassen sollte, dann macht euch keine Gedanken. Für meinen Abgang ist alles bestens vorbereitet.

– Wie das? – Barmer, Katka und Frl. Nawlonski erkundigten sich obligatorisch. Sie wußten, was folgen würde. Sie hörten es gern. Das Essen schmeckt besser, wenn Endenthum von seiner kommenden Beisetzung schwärmt.

Der Kellner bringt Sekt. In kurzem Abstand folgen die Vorspeisen.

– Auf meine Hochzeit! – Katka Lorenz stemmt das Glas wie einen Humpen, kippt den Sekt hinunter.

Schwer integrierbar, denkt Frl. Nawlonski mit Blick auf Katkas Manieren und pickt am Gemüsecrouton. Hubert Endenthum lächelt. Hebt den Zwicker von der Druckstelle und sagt:

– Also, wenn ich diesen Tag nicht überlebe, wird alles bestens vorbereitet sein.

– Wie das? – Manuel Barmer, der heute lieber gewußt hätte, wen die Stadtschreiberin von Stinopel denn aus dieser Gegend heiraten wollte, schwieg, um dem Ritual zu folgen.

– Der Grabstein ist schon gekauft. – Dr. Endenthum beginnt nicht mit Nebensächlichkeiten. Er ist praktischer Wissenschaftler und weiß eine Sache vom Wesentlichen her auf den Punkt zu bringen. – Ich habe den Stein bei Metz Albert deponieren lassen, andalusischer Marmor.
– Was Sie nicht sagen!
Barmers ästhetisches Urteil:
– Auf hellen Marmor paßt nur eine schwarze Schrift.
– Richtig, auch dafür ist bereits gesorgt. In tiefschwarzen gotischen Lettern ist mein Name bereits eingegraben, sagt Endenthum.
– Leiden Sie nicht unter Zwangsneurosen, wenn Sie den eigenen Namen auf dem Grabstein lesen? – Frl. Nawlonski fragt es jedes Mal, wenn der Museumsdirektor auf diesen Punkt kommt. Sie weiß, daß jene gefestigte Persönlichkeit keine Zwangsängste kennt und sie auch von anderen nicht erwartet. Trotzdem hält sie es für ihre Pflicht, sich zu erkundigen. Barmer wirft einen kurzen Blick auf seine schwarzumrandeten Fingerkuppen.
– Denken Sie an mich wegen der Kondolenzkarten? fragt er.
– Aber ja, ich werde Sie noch in diesem Jahr zu einer Vignette verpflichten.
– Wunderbar. Ich stelle mir einen saftroten Schwan auf einem dunklen Erdhügel liegend vor. – Manuel Barmer begeistert sich für den Auftrag.
– Wieso saftrot? erkundigt sich Katka. Sie hatte diese Vokabel in einem ihrer letzten Gedichte als Metapher verwendet und leichtsinnigerweise während des Mittwochsmenüs preisgegeben. Der Kellner serviert die Hauptgerichte. Brasilianische Folklore im Hintergrund.

Hubert Endenthum hatte es immer so gehalten: dem Hauptgang folgte die Erörterung seiner zukünftigen Beerdigungszeremonie. Nun lockert er den Krawattenknoten und zieht das Pepita-Jackett aus, um sich frei bewegen zu können.

– Es ist an *alles* gedacht, darauf könnt ihr euch verlassen. – Nachdem er die Gestaltung des Grabsteines beschrieben und den Standort desselben (hinter der ersten Kastanie auf der Südseite des Friedhofes) bekanntgegeben hat, beginnt die Erörterung des kulturellen Rahmens:

– Zunächst der Schweigegang vom Kirchhofportal zur Kapelle. Man trifft sich pünktlich und vor allem gelassen. Darauf lege ich Wert: Gelassenheit. Auch in der Kleidung wohlgemerkt. Warum Schwarz? Grün oder Rot, die Farben der lebendigen Natur zeugen viel eher von Ehrung und Liebe, die man mir, dem Direktor des Zuckermuseums, entgegenbringen wird. Wenn es schon einen letzten Tag geben muß. Jene, welche in Trauerkleidung kämen, können gleich zurück nach Hause. Auch Blumengebinde der weinerlichen Art verbitte ich mir. Teerosen und Anthurien, Chrysanthemen und Grabefeu – weg damit! Wildes Getreide soll mein Grab schmücken, Hafer und Gerste, granniges Vogelgras, Klatschmohn und Kornblume.

Kunstliebhaber Barmer lacht jedesmal laut auf. –
Genial! ruft er, das ist immer wieder genial!

Katka, die den dicken Museumsdirektor aufgrund seiner duftenden Erscheinung, aber auch der peinlich wirkenden Großzügigkeit wegen nicht recht mochte, dachte: hoffentlich ist es bald soweit. Frl. Nawlonski meint: Wildes Getreide auf dem Grab eines intelligenten Stinopeler Mannes erinnere unsinnigerweise an den

Spruch »Im Felde fürs Vaterland gefallen«. Aber Hubert Endenthum läßt sich nicht abbringen. Er will alles anders und dies mit Geschmack.

– Knusprig-deftig der Speckbraten, aber unpassende Musik, stellt Endenthum fest.

– Meinen Hirsch stört das Brasilianische nicht.

Barmer nimmt eine Gabelspitze Wildbeeren zu sich. Er kann die von aufreibenden graphischen Techniken geschwärzten Hände in sensible Bilderhändlerhände verwandeln. Die zarten lukullischen Finger spreizen sich vor Appetit. Jeder Bissen eine vollendete Geste. Frl. Nawlonski ist ganz in den Roquefortgenuß versunken. Diese Kombination von bißfestem Broccoli und sämigem Käse! Essen im »Sambalita« heißt, sich jenseits aller menschlichen Krisen zu befinden; und selbst wenn Maria Nawlonski Endenthums geplante Beerdigung schon auswendig kennt und sich fast ein wenig darauf freut, sie könnte es Jahre hier aushalten.

– Auf meine Hochzeit! ruft Katka.

Sie ißt eine einfache Pilzrahmsuppe zum Sekt. O Gott, denkt Endenthum, auch *sie* wird zu meiner Beerdigung erscheinen.

– Katka, von Ihnen wird ein Gedicht auf meinem Grabstein stehen.

– Oh! die Stadtschreiberin produziert einen Verschlucker.

– Ich weiß, es ist ein großer Auftrag für Sie.

– Und welches Gedicht wollen Sie in Marmor gemeißelt haben?

– Keines, was schon gedruckt steht, sondern eine Sonderanfertigung. Sie schreiben doch extra ein Gedicht für mich?

– Klar, sagt Katka.

Es kribbelt unangenehm im Bauch. Soweit mußte es ja kommen. Wie viele Mittwoche hat sie schon an diesem Tisch gesessen und dem Ablauf der Endenthumschen Beisetzung zugehört. Sie hätte sich, aus purem Spaß, vielleicht noch bereit erklärt, ein paar Verse auf Endenthum zu sagen, aber ihre Kunst manifest im Marmor dieses Lackaffen – das geht zu weit.

– Fantastisch! ruft Endenthum, und stellt euch vor: Katka schreibt uns eine neue Variante vom saftroten Schwan, schwarze Lettern in weißem Marmor...

– Wieso *uns*? Katka rührt die Suppe: Pfifferlinge und Steinpilz, Stockschwamm und Austernseitling.

– Man riecht den Wald in der Tasse, sagt Barmer. Er ist mit Katka solidarisch, wenn auch ein wenig neidisch: von ihm fordert Endenthum nur eine Vignette zur Kondolenzkarte, von der Dichterin, für alle sichtbar: Verse in Stein. Dr. Endenthum nimmt den Zwicker ab. Der Hauptgang hat das Gesicht erhitzt. Hugo Boss kämpft gegen Schweiß- und Bratengeruch an. Endenthum faltet die Serviette und legt sie auf den Tellerrand. Er weiß genau, was dem Schweigegang vom Hauptportal zur Kapelle folgen wird: keine Grabrede, nein. Nach der Hauptspeise sind Manuel Barmer und die Psychotherapeutin stets zu müde, den weiteren Erörterungen des Zuckermuseumdirektors so aufmerksam zu folgen, wie sie es verdienten. Statt dessen lehnen sie sich zurück, lauschen der Verdauungsmusik und träumen dem Geschmack der Speisen nach. So war es, so ist es.

– Eine Trauerrede ist etwas für Leute, die gern weinen. Bei meiner Beerdigung soll nicht geweint werden. Warum? Ich habe meinen Teil auf dieser Erde getan – wer kann schon von sich sagen, Experte auf dem Gebiet der Zuckergeschichte zu sein, Urenkel von Eilhard Mitscherlich. Na also. Eine Rede verbitte ich mir. Auch einen Pfarrer natürlich. Ich möchte, daß an diesem Tag, da ich nicht mehr sein werde, miteinander gesprochen wird. So wie wir jeden Mittwoch miteinander sprechen, frei, ungezwungen. Man soll Genuß daran haben.

– Ach, Herr Endenthum, wir wollen es nicht beschreien. Es wird hoffentlich noch einige Zeit dauern, bis es soweit ist. – Barmer, der gern auf seine grafischen Arbeiten zu sprechen käme, versucht das Thema Beerdigung für dieses Mal abzukürzen: Ich arbeite gerade an einem Radierzyklus mit dem Titel »Moore und Mahre«.

– Was sind Mahre, will Frl. Nawlonski wissen. Das Düstere des Wortes erklärt mir Ihre unterdrückte Sehnsucht nach Geheimnis.

– Mahre bedeuten soviel wie Gespenster, Alpwesen, sagt Endenthum, und zu Barmer:

– Ein schöner Titel. Aber er paßt nicht zu meiner Beerdigung.

– Warum wollen Sie denn dauernd beerdigt werden? – Der Bilderhändler, schnippisch, ist beleidigt. Wozu trägt er schwarze Tintenfinger, wenn sie nicht beachtet werden. Der Kellner bringt die Dessertkarte.

– Herr Direktor, wollen Sie heute vielleicht auch vom Süßen probieren?

– Um Himmels willen! Wenn Sie den ganzen Tag von Zucker umgeben wären, würden Sie auch auf Süßes verzichten. – Schon oft hat der Kellner diese Erklärung gehört. Nickt. Für so viel Verständnis wird er auch zu Endenthums Begräbnis eingeladen werden. Er notiert: Mousse au chocolat für Frl. Nawlonski, zwei Petits fours für Manuel Barmer und eine Portion Schlagsahne für

die Dichterin. Barmer nutzt die Unterbrechung für einen erneuten Versuch, das Gespräch auf seine künstlerische Arbeit zu bringen:
– Ich werde noch heute, nach Feierabend, auf Motivsuche gehen.
– Vielleicht finden Sie welche in meinen Gedichten, stichelt Katka. Einige Male schon hat Barmer penetranten Motivraub betrieben. Letzter Beweis: der saftrote Schwan.
– Nein, sagt der Künstler, ich gehe direkt ans Stinopeler Moor.
– Aber Barmer, da können wir ja gleich Ihre Beerdigung feiern. Sie wissen genau, daß das Moor gefährlich ist, ruft Endenthum.
– Eben, sagt Barmer und erklärt, für die grafische Darstellung der Moorlandschaft benötige ich diesmal nicht nur die übliche Radiernadel, sondern, um flächig zu gestalten, auch Rouletten, Mouletten, Büschel und Stichel.
– Kompensationserscheinungen, stellt Frl. Nawlonski fest.
– Wie bitte?
– Sie kompensieren, was Ihnen fehlt.
Hubert Endenthum weist Frl. Nawlonski darauf hin, daß es ihr eigener Wunsch gewesen sei, während des Mittwochsmenüs keine Psychoanalyse zu erstellen.
– Sie haben recht, sagt Frl. Nawlonski und hält Ausschau nach dem Dessert. Währenddessen reißt Endenthum das Gespräch wieder an sich.
– Ein richtiges Fest wird es werden! schwärmt er.
Katka kann es bereits nachbeten: Jetzt kommt die Musik.
– Aber ja! Nicht irgendein Trauermarsch. Sondern

Satchmo. Stellt euch vor: diese rauhe aufrüttelnde Stimme eines Schwarzen.

– Genial, sagt Barmer.

– Ich liebe Satchmo, sagt Frl. Nawlonski.

– Danach Schubert. Winterreise. Fremd bin ich eingezogen/Fremd zieh ich wieder aus. Anschließend Mahlers Dritte Symphonie. In voller Länge. – Letzteres war ein Scherz. Die drei Zuhörer wissen es. Die Vorstellung, die Trauergemeinde mit Mahlers Dritter zu malträtieren, vergnügt Endenthum. Der Kellner bringt die Nachspeise. Nicht ohne einen schwungvollen Bogen vor Endenthums Nase zu vollführen, stellt er die Tellerchen vor Frl. Nawlonski, Barmer und Katka auf den Tisch. Endenthum fühlt, wie jeden Mittwoch, einen filzigen Ball in der Kehle. Er weiß, zum kompletten Menü gehört ein Dessert, und er weiß, daß er dulden muß, daß sie es vor seinen Augen verzehren. Häppchenweise, genüßlich. Der süße Duft bringt Endenthum um den Verstand. Obwohl er dagegen ankämpft, erreicht der Ekel schnell den Höhepunkt. Zwei Kugeln Mousse au chocolat verschwinden fett und cremig in Frl. Nawlonskis Mund. Dieser Brei erinnert farblich an den Melasserückstand der Zuckergewinnung. Manuel Barmer sticht in den Zuckerguß des gelben Petit four, die Gabel spaltet das Gebäck in mehrere Schichten, spießt ein Stückchen auf, und Barmer läßt es auf der Zunge schmelzen. Beim zweiten, braunen, streicht sich Endenthum über den Hals. Denkt, um den Ekel zu neutralisieren, an Speckbraten. Versucht zu lächeln und das Gespräch über die zukünftige Beerdigung wieder in Gang zu bringen:

– Lassen wir Mahler beiseite. Schlußlied wird »Vorwärts und nicht vergessen« sein. Ist das nicht großartig?

Katka Lorenz hat bereits gelernt, die Schlagsahne

nicht über den Tisch zu prusten. Die Internationale wäre auch sehr passend, und außerdem könnten alle mitsingen.

– Nicht wahr? So wird es sein. – Hubert Endenthum ist froh, daß die Desserts verspeist sind.

– Außerdem, teilt er noch mit, spende ich zehntausend Mark für ein fröhliches Fest. Einfach feiern und dann vergessen. Zehntausend Mark. Die halbe Stadt kann sich nach meinem Tod vergnügen.

Das Menü ist beendet. Abgerundet von Espresso und Magenbitter. Der Kellner serviert die Rechnung. Endenthum spendiert.

– Das ist doch nicht nötig. – Barmer erweist sich routinemäßig als beschämt.

Helfersyndrom, denkt Frl. Nawlonski.

– Okay, sagt Katka Lorenz.

Die kleine Gesellschaft verläßt das Lokal. Vor der Tür verabschieden sie sich.

– Passen Sie auf sich auf, Barmer. – Endenthum klopft dem Bilderhändler auf die Schulter.

– Nächsten Mittwoch zeige ich Ihnen die erste Aquatinta von »Moore und Mahre«.

Frl. Nawlonski kann ein spöttisches Lächeln nicht unterdrücken. In bezug auf Barmer vertritt sie schamlos ihre Privatmeinung: Eitler Möchtegern! – Aber auch Barmer schaut auf sie herab. Frl. Nawlonski hat für ihn einen zutiefst unkünstlerischen Charakter, pöbelhaften Verstand und ist außerdem für seinen Geschmack ein Greuel. Frl. Nawlonski verabschiedet sich kühl von Barmer. Dem Direktor des Zuckermuseums hingegen legt sie die kleine, von steter Hypertonie kalte Hand in dessen große warme. Sie spürt Endenthums Finger, das grauumflorte Gesicht rötet sich ein wenig.

– Sie sind so gesund. Sie sind so wohltuend, sagt Endenthum und schüttelt Frl. Nawlonskis Hand.

Schnell und freundlich bringt er den Abschied hinter sich. Den Moment, da er glaubt, diese kalten Frauenfinger wärmen zu müssen, überwindet er in dem Gedanken an die zweite Tageshälfte und an Katka Lorenz. Der Dichterin nämlich schaut er in die Augen: kandisbraun. Sein dickes rotes Gesicht schwitzt Magenbitter aus. Er läßt Frl. Nawlonskis Hand fallen und ergreift die Hand von Katka Lorenz.

– Katka, haben Sie nicht Lust, endlich mein Museum zu besuchen?

– Ach, Herr Endenthum.

– Es kostet Sie nichts. Und wenn Sie wollen, führe ich Sie und erkläre Ihnen alles.

– Vielleicht beim nächsten Mal.

Frl. Nawlonski schaut mißtrauisch. Wie sie diese Turtelei haßt! Wieso lädt Endenthum nicht *sie* ein? Wieso zieht er jugendliche Versponnenheit objektiver Reife vor? Wieso hat sie sich bloß diesem Mittwochsmenü verschrieben. Ein Meer von Grau überflutet Frl. Nawlonskis Inneres. Die Mittagszeit ist vorüber.

Längst verkauft Manuel Barmer in seiner Bilderhandlung wieder Van-Gogh-Reproduktionen im Stuckrahmen; Stilleben aus dick aufgespachteltem Tempera oder verfließende Pastelle. Fette Ölgemälde verkauft er, blasse kitschige Aquarelle. Am Eingang des Geschäftes befindet sich die Vitrine mit eigenen grafischen Arbeiten. Als Kostbarkeiten liegen sie hinter Glas, gezeichnet mit MB. Wöchentlich wechselt Barmer die nur schwer verkäuflichen Exemplare und stellt neue unter jeweils aktuelle Themen: »Schrei. Schwarzweiß« heißt das Motto der Woche. Aber Barmer hat nur einen postkartengroßen Schrei an einen Touristen aus Wisconsin verkaufen können.

Längst lauscht Frl. Nawlonski wieder ihren Patienten, als Hubert Endenthum schwer atmend das Zuckermuseum aufschließt. Über Mittag hat sich kein Besucher eingefunden. Auch die Stadtschreiberin hat sich nicht überwinden können, der Einladung zu folgen. Wie auch, wenn sie jetzt verheiratet ist. Dr. Hubert Endenthum steht vor der alten Honigschleuder. Jagenden Herzens. Das Chiffontuch durchnäßt. Der Blick geht, wie jeden Nachmittag, durch den gesamten Raum: kein Exponat fehlt, alles ist an seinem Platz.

– Eigener Hände Arbeit gibt dem Leben bleibenden Wert, sagt Hubert Endenthum.

Er greift einen Hahnenfederbüschel und wedelt in die Luft, was sich an Staub auf den Exponaten gesammelt hat. Abstauben ist Vergessen. Der eisernen Honigschleuder genügt es, einmal pro Woche einer Reinigung unterzogen zu werden. Auch andere massive Dinge wie Sichelmesser, Rübenhacken und -zieher, geschlossene Glasvitrinen und die Dreiwalzen-Zuckerrohrmühle benötigen nicht mehr Pflege. Diffizilere Gegenstände hingegen, z. B. Sklavenschiffsmodelle, Zuckerkunstwerke wie Schachspiele, Totenmasken oder die andalusischen Pilé-Zuckerplatten brauchen tägliches Abstauben, um Vergilbung oder, noch schlimmer, natürliche Auflösung zu mindern. Hubert Endenthums Wedel geht über die Stücke. Der Direktor fängt bei den robusten großflächigen an, weil sein Herz jagt und die Hände unruhig sind. Ein fahriger Ausrutscher würde keines der Dinge zerstören. Mittwochnachmittag sind eben nur die großen standfesten Dinge dran, denkt Endenthum. Solange er nicht direkt mit Zucker in Berührung kommt, hat er die Reinigungsarbeit im Griff. Im stillen memoriert er die Geschichte eines jeden Teils. Alle Gedanken daran, daß die Stadtschreiberin nun zum wiederholten Male die Einladung ausgeschlagen hatte, wischt das Hahnenfederbüschel weg. Bis Endenthum zum Zucker gelangt. Im Kandispott, an quergespannten Zwirnsfäden kristallisiert, begegnet er ihm in reiner Süße. Endenthums Magen arbeitet, pumpt Saures durch die Speiseröhre unter die Zunge. Endenthum hält sich am Pott fest, schließt die Augen. Die Vorstellung, ein Stück des Zuckers lutschen zu müssen, bereitet ihm Qualen.

– Zucker ist ein niedrigmolekulares Kohlenhydrat von süßem Geschmack. Das Chlorophyll-Molekül als Schalthebel der Natur. Im Zentrum dieses Moleküls steht ein Magnesium-Atom … Hubert Endenthum sagt es laut zu Katka Lorenz, die er neben sich wähnt. Des Mädchens kräftiger Verstand, diese pikante Schlampigkeit und nicht zuletzt die krausen Fantasien! Katkas Gegenwart würzt herzhaft jedes Mittwochsmenü – hinter Endenthums geschlossenen Augen entsteht Katkas Bild und die Zusage, endlich das Museum besichtigen zu wollen. Denn Zucker bedeute ihr, wie ihm selbst, Leben; und sie wolle alles erfahren, tief eindringen in das Geheimnis der Süßigkeiten. Dr. Endenthum schluckt den Magensaft herunter. Mund und Speiseröhre brennen. Er fühlt sich schlecht. Wankt von Exponat zu Exponat. Folgen Sie mir, Katka.

– Der Weg vom Zuckerrohrsirup zum weißen Zucker führte seit über 1200 Jahren über die Hutreinigungsmethode! – Hubert Endenthum hört der eigenen Stimme nach. Rückt den Zwicker von der Nase, streicht die

Druckstelle glatt. Eine Armee verschieden großer Zuckerhüte nebst Sirupformen stehen vor ihm. Zuckerbrecher, Bonbonbüchsen, Weißzucker, Puderzucker, Flüssigzucker, Hagelzucker, Würfelzucker, Krustenkandis, Grümmel und Stampfzucker präsentieren sich in allen Varianten.

– Kommen Sie, Katka, das ist längst noch nicht alles.

Endenthum lehnt sich gegen die Wand. Riecht kühlen zuckerfreien Verputz. Was ist los mit mir, denkt er, ich muß krank sein. Neben ihm, sorgsam in Kästen auf Nadeln gespießt: Rübenfliege, Rübenrüßler, Rübenerdfloh und der Neblige Schildkäfer.

– Sehen Sie, Katka, es geht nichts ohne Risiko. Diese Tiere sorgen für Wurzelkropf und Rübenrost. Aber wozu erzähle ich Ihnen das.

Katka Lorenz gibt keine Antwort. Endenthum tastet sich durch das Museum. Hält die Augen geschlossen. Hält das Sodbrennen aus. Für heute erwartet er keine Besucher mehr. Mittwoch ist ein ruhiger Tag.

– Beehren Sie mich *deshalb* an einem Mittwoch? fragt Endenthum in die Stille.

Die Vorstellung, mit Katka allein im Museum zu sein, schwächt seinen Verstand. Bis zum nächsten Mittwoch sind es noch sieben Tage. Endenthum schwitzt, daß das Futter vom Pepita-Jackett naß wird und er das Jackett ausziehen muß. Wie mit Sirup fühlt der Direktor seine Haut bestrichen. In diesem Moment hegt Endenthum Zweifel, daß alle, die er für nahe Bekannte und Freunde hält, zu seiner Beerdigung kommen werden. Den ganzen Plan sieht er hinfällig werden angesichts eines minimierten Trauerzuges: kaum einer wird ihn, den Direktor des Zuckermuseums, Urenkel von Eilhard Mitscherlich, gekannt haben. Keiner wird die Verse auf weißem

Marmor je verstehen, den saftroten Schwan wird es nicht geben. Hubert Endenthum gibt sich einen Ruck, strafft den Körper. Am nächsten Mittwoch wird er Fisch zum Menü wählen. Fisch macht keine schweren Gedanken wie Speckbraten. Erleichtert beendet Endenthum den Entstaubungsrundgang mit der vorsichtigen Reinigung eines besonderen Schaukastens. Nur zweimal jährlich staubt Endenthum jenes rostige Blechgefäß ab, das sich darin befindet.

– Melasseschlempe durch Pyrolyse zersetzt, erklärt er dem menschenleeren Raum, trauriger Gipfel der Zuckergeschichte! Endenthum stellt die Büchse zurück an ihren Platz. Eine Sekunde hat er daran gedacht, sie zu öffnen. Aber Endenthum ist ein Mann von Format, eine Stinopeler Größe. Er widersteht der Versuchung, rückt die Krawatte zurecht und beendet den Dienst.

Am Mittwoch der folgenden Woche ist Hubert Endenthum der erste, der das »Sambalita« betritt. In guter Stimmung, kornblumengemusterte Krawatte, Hugo-Boss-Parfum. Er nimmt am Stammtisch hinter dem Benjamin ficus Platz. Es ist ihm recht, noch nicht in Gesellschaft zu sein. Die Zeit, bis die anderen kommen, nutzt er, sich ein neues Detail für seine geplante Beerdigung einfallen zu lassen. Eines, das zumindest Katka entzücken muß. Denn die Einladung zum letzten Geleit durfte sie nicht ausschlagen. Hubert Endenthum überlegt, kommt auf dies und das. Und während er sich mit der Idee, neben dem Marmorstein einen Stein aus gepreßtem Zucker stehen zu haben, anfreundet, tritt Katka Lorenz durch die Lokaltür. Endenthum zuckt zusammen, ertappt bei einer Idee, die sich süß um die Dichterin rankte.

– O Gott! ruft er.

Katka bleibt für einen Moment verwirrt stehen, als sich aber der Direktor sogleich bei ihr für seine Gedankenabwesenheit entschuldigt und ihr einen Stuhl unterschiebt, nimmt sie wie immer Platz.

– Was ich Sie fragen wollte, Herr Endenthum, ob ich das nächste Mal meinen Mann mitbringen darf?

– Ihren Mann, soso. – Endenthum bekommt kalte Hände. Nickt. Nickt so lange, bis der Kellner die ledergebundene Speisekarte bringt. Es folgt Frl. Nawlonskis energischer Auftritt.

– Ach, seit unsere Dichterin verheiratet ist, kennt sie die Pünktlichkeit? – Frl. Nawlonski nimmt neben Endenthum Platz, tätschelt Katkas Hand und wirft einen triumphierenden Blick auf den Zuckermuseumsdirektor. Endenthum errötet.

– Wollen Sie schon bestellen? – Der Kellner serviert 82er Rothschild und Campari pur. Katka bittet um Limonade.

– Oje, sagt Endenthum, Limonade zum Essen?

– Na und? – Katka fixiert die grauen Männeraugen. Findet es komisch, wenn Endenthum die Lider herunterschlägt und die dicken Finger knetet. Seine Verlegenheit nutzt sie aus, treibt das Augenspiel weiter, bis es Frl. Nawlonski mit einer Frage unterbricht:

– Wen haben Sie eigentlich geheiratet?

– Ja, das interessiert uns, sagt Endenthum.

Nun ist es an Frl. Nawlonski zusammenzuzucken. Uns, hat Endenthum eben gesagt. Wie ein Ehepaar, das immerfort uns und wir sagt. Es ist das erste Mal im Leben der Psychotherapeutin, daß dieses Wort sie und Endenthum meint: Wir wollten es schon immer wissen. Sie genießt das Wort, kann nicht genug bekommen:

Sagen Sie es uns, Katka. Wir sind gespannt.
– Er heißt Ümülgülgün. Önder Ümülgülgün.
Hubert Endenthum erstarrt. Frl. Nawlonski, nach einer Schreckenspause, entfährt ein Lacher. Schnell ertränkt sie ihn im Campari. Auch Endenthum nimmt einen Schluck Wein.
– Das haben wir nicht gedacht, sagt Frl. Nawlonski.
– Aber warum nicht. Unsere Katka ist doch fürs Extravagante, für das Besondere. – Endenthum hebt das Weinglas. Frl. Nawlonski bemüht sich, den Patzer des Erstaunens wiedergutzumachen, und sagt:
– Natürlich. Etwas ganz Besonderes.
– Darf ich die Bestellung schon aufnehmen? – Der Kellner steht mit gezücktem Bleistift.
– Schon? – Endenthum findet, daß es Zeit wird, sich dem Menü hinzugeben.
– Wird der Herr Barmer später erwartet?
– Barmer, natürlich, er fehlt noch. – Endenthum und Frl. Nawlonski sehen sich an: Wir haben ihn vergessen. Katka Lorenz sagt:
– Er war immer pünktlich.
Endenthum wählt pochierte Seezunge an Kräuterreis; Frl. Nawlowski entscheidet sich für Kalbsbraten in Portweinsauce, Katka Lorenz-Ümülgülgün für Zwiebelfleisch Thüringer Art. Sie essen schweigend, langsamer als sonst. Manuel Barmer muß jeden Augenblick kommen.
– Er hatte immer so schwarze Finger, sagt Katka.
– Er hätte Bescheid sagen können, daß er unpäßlich ist. Frl. Nawlonski heuchelt Bedauern. Das Kalb macht sich gut im süßen Portwein, beide Geschmacksvarianten ergänzen einander. Hubert Endenthum stochert in den Gräten der Seezunge. Obwohl es diesmal Fisch ist,

bekommt er Sodbrennen. Nicht, daß ihm Barmer besonders nahe gewesen wäre – ein guter Zuhörer war er allemal, und das Vertrauen in künstlerischen Schaffensfragen, das Barmer ihm entgegengebracht hatte, ehrt den Direktor. Dessert beschließt das Mittwochsmenü. Das Fruchtsorbet, das sich Frl. servieren läßt, hält Endenthums Qual in Grenzen: es assoziiert eher sauer als süß. Auch Katkas Bananensplit ist erträglich – bis auf die Schokoladensauce. Endenthum schaut weg, wenn Katka Sauce mit Schlagsahne mischt und Unmengen hellbraunen Breis in sich hineinstopft. In solchen Momenten fragt er sich, wieso er Wert darauf lege, Katka sein Museum zu zeigen, sie in der Nähe zu haben, ja wieso er sogar Lust habe, diesen Mund zu küssen!

Auf der Straße erfahren die drei von dem Toten im Moor. Den Stinopeler Stadtanzeiger unter dem Arm, schüttelt Endenthum Frl. Nawlonski und Katka die Hand. Stumm geht er zur Arbeit. Wieder sind es sechs Tage bis zum nächsten Mittwoch.

– Ümülgülgün, Ümülgülgün, flüstert Hubert Endenthum und schließt das Museum ab. Obwohl er es gehofft hatte, war Katka auch in dieser Woche nicht in sein Museum gekommen. Warum trifft ausgerechnet die Geschichte des Zuckers nicht ihre Interessen, denkt Endenthum. Zucker bietet doch eine ganze Palette von dichterischen Einfällen. Novellen könnte man darüber schreiben, Romane! Statt dessen muß die Dichterin heiraten. Was für eine Einfallslosigkeit. Aber ich bin ja selbst verheiratet, beruhigt sich Endenthum. Wieder ist Mittwoch. In wenigen Minuten wird er Katka sehen und, nimmt er sich vor, sie diesmal ultimativ einladen: Wenn sie nicht spätestens in drei Tagen sein Museum besucht hat, dann ... Auf der Straße läuft er Frl. Nawlonski in die Arme.

– Sie haben mich abgeholt? fragt er.

– Ich kam zufällig hier vorbei. – Hinter dem grauen Haarschleier blitzen Frl. Nawlonskis Augen. Sie steckt die Rechte in Endenthums Jackett-Tasche.

– Was machen Sie da?

– Darf ich meine Hände bei Ihnen wärmen?

– Bitte.

Steif geht Endenthum an Frl. Nawlonskis Seite. Das »Sambalita« kommt in Sicht, Endenthum zieht des Fräuleins Hand aus seiner Tasche. Bitte. Frl. Nawlonski bleibt stehen. Sie sieht es hinter dem goldenen Zwikker abweisend blitzen. Die grüngelbe Krawatte. Hugo Boss.

– Kommen Sie nicht mit? – Endenthum ruft es Frl. Nawlonski hinterher. Diese überquert die Marktstraße.

Verwirrt nimmt Endenthum im »Sambalita« Platz. Hinter dem Benjamin ficus tritt der Kellner hervor und serviert 82er Rothschild.

– Keinen Campari heute?

– Ich weiß nicht, was mit der Dame ist, sagt Endenthum und lächelt gezwungen. Das Hemd klebt an der Haut. Er spürt, wie sich die Verärgerung auf den Magen schlägt. Heute wird er Entrecote nehmen, saftiges Rippenstück vom Rind. Endenthum lenkt sich ab: Entrecote für zwei Personen, mit Butterbohnen und Kroketten. Für ihn und Katka Lorenz.

– Ümülgülgün, knirscht Endenthum zwischen den Zähnen.

Zwei treten durch die Tür des »Sambalita«. Härter, als es sich schickt, stellt Endenthum das Rotweinglas auf den Tisch.

– Entrecote für zwei Personen! ruft Katka durch das Lokal dem Kellner zu.

– Und Sie, Herr Endenthum, was nehmen *Sie* heute? – Önder Ümülgülgün reicht Endenthum zur Begrüßung die Hand. Schlaff und feucht ist die Direktorenhand.

– Wo ist Frl. Nawlonski? fragt Katka.

– Sie nimmt einen Imbiß an der Döner-Bude, sagt Endenthum und wirft einen angewiderten Blick auf Önder Ümülgülgün. Um nichts in der Welt wird er jetzt Entrecote bestellen – soll es beiden im Hals steckenbleiben. Er, Endenthum, werde heute fleischfrei speisen: Spargelomelette, drapiert mit frischem Spinat.

– Hier ist's immer wieder nett. – Katka reibt sich die Hände und schaut Endenthum erwartungsvoll an.

– Wollen Sie nicht auch meinem Mann von Ihrem Begräbnis erzählen? Er ist ganz gespannt darauf.

Plötzlich ist Endenthum wieder der alte. Alle Krämpfe gelöst. Natürlich, er wird auch Ümülgülgün erzählen. Auch wenn der kein Wort verstehen sollte. Auch wenn Endenthum damit beginnen muß, daß die Vignette, welche die Kondolenzkarten zieren sollte, nicht von Manuel Barmer, sondern von einer anderen stadtbekannten Künstlergröße stammen wird. Önder hört aufmerksam zu. Ab und an lächelt oder nickt er. Das Entrecote kommt medium gebraten auf den Tisch.

– Erst Satchmo, dann drei Stunden Mahler! droht Endenthum mit erhobener Gabel. Nach der Hauptspeise küssen sich Önder und Katka, und die Dichterin sagt glücklich:

– Am nächsten Mittwoch komme ich zu Ihnen ins Museum.

– Fantastisch! ruft Endenthum aus, und da ihm das Glück an die Kehle schlägt, ergänzt er übermütig:

– Bringen Sie doch Ihren Herrn Gatten einfach mit.
– Önder muß arbeiten, leider, erklärt Katka.
Endenthum ißt Spargel und Spinat voller Appetit. Kein Sodbrennen, keine Eifersucht mehr. Nächste Woche wird Katka zu ihm kommen. Soll sie tausendmal diesen Ümülgülgün heiraten. Er wird nicht dabeisein, Gott sei Dank muß der Mensch arbeiten.
Am Nachmittag begehrt die Polizei Zutritt zu Endenthums Museum. – Sie haben mit Maria Nawlonski in Kontakt gestanden?
– Ja, sagt Endenthum.

Der Blick geht, wie jeden Tag, durch den gesamten Raum: kein Exponat fehlt, alles ist an seinem Platz. Der Mittwoch kann beginnen wie alle Mittwoche. Hubert Endenthum schreitet den Ausstellungsraum ab.
– Wer Zuckerrüben zu uns bringt, dem zuckersüßer Sirup winkt, trällert der Museumsdirektor einen Spruch aus schlechten Zeiten. Heute wird Katka kommen. Sie wird in das Reich eines Königs treten und diese großartige Sammlung aufnehmen. Freilich, nicht die Wissenschaft wird sie interessieren, vielmehr wird sie all das als eine einzige Patisserie sehen wollen. Endenthum wird sie darin bestätigen, sie zum Naschen verführen. Beta vulgaris, wird er zärtlich sagen, Königin der Feldfrüchte! Usw. usw. Endenthum tupft mit dem Chiffontuch die Stirn. Kann sich nicht mehr konzentrieren. Das Zuckermuseum hat er eigens für Katka Lorenz eingerichtet. Heute weiß er es und kann sich die beständige Freude erklären, die er bei seiner Arbeit empfindet. Dr. Endenthum spürt einen Stich in der Brust, den scharfen Brand, der aufwärts steigt.
– Gott, daß es so etwas gibt für mich, flüstert der Di-

rektor. Schließt die Augen, hält sich an der alten Honigschleuder fest. Laufen, Hubert, sonst gibt es eine Ohnmacht. Zwei Schritte nach vorn. Hinter den geschlossenen Augen wankt das Museum. Mit beiden Händen umfaßt Endenthum einen drei Kilogramm schweren Zuckerhut. Gott, was für ein Glück. Langsam streifen die Hände am Zuckerhut nach unten und wieder nach oben zur dünner werdenden Spitze. Die äußeren Kristalle lösen sich auf. Der Zuckerhut hält ihn.

– Nein, sagt Endenthums feste Stimme. Ich kann dieses Glück nicht ertragen. Es wird sich nicht bestätigen. Katka wird nicht kommen, ich... Endenthum erwacht. Strafft sich. Er ist der Direktor. Muß etwas unternehmen. Mittwoch. Was tun? Ümülgülgün Zauberwort. Sie soll sich ja nicht hier herein wagen. Mich zum Narren halten. Soweit kommt es noch. Hubert Endenthum schaut auf die Uhr: es ist soweit. Hubert Endenthum schließt die besondere Vitrine auf. Hinter Glas das rostige Behältnis mit schwarzrotem Etikett. Hubert Endenthum nimmt die pfundschwere Büchse. Katka wird kommen. Hubert Endenthum stellt die Büchse zurück. Hubert Endenthum weiß, wie er es tun muß. Hubert Endenthum löst das Chiffontuch vom Hals, bindet es um die Nase. Hubert Endenthum nimmt die Büchse aus der Vitrine. Hubert Endenthum hat eine Ahle, damit sticht er ein Loch in das Blech. Hubert Endenthum stellt die Büchse zurück, lehnt die Vitrinentüren locker aneinander. Katka Lorenz ist gekommen.

– Wie ich mich freue, daß Sie mich besuchen.

Endenthum schüttelt ihre Hand.

– Wir können nach dem Rundgang gleich zum Essen, sagt er, gehen Sie voran, Katka, schauen Sie sich inzwischen um. Ich muß nur schnell telefonieren...

Endenthum zeigt Katka den Ausstellungsraum. Sie betritt ihn. Endenthum schließt die Tür hinter ihr. Zweimal dreht er den Schlüssel herum. Hört Katkas Schritte, dann Rütteln an der Tür.
– Warum schließen Sie denn ab? ruft sie.
Ein Glück, denkt Endenthum, daß es ein Mittel gibt. Das Rütteln hört plötzlich auf. Hinter der Tür poltert und scheppert es. Die Honigschleuder! Klirren von Glas. Die Bagassegläser! Beta vulgaris, meine Königin. Endenthum faßt sich mit beiden Händen um den Hals. Er spürt leichte Übelkeit. Atemnot.
– Zeit, daß ich gehe, sagt er tonlos. Gurgeln, Röcheln hinter der Tür. Dann Stille.

Im »Sambalita« erwartet man Endenthum bereits.
– Heute ganz allein? fragt der Kellner, und: Es passieren ja schreckliche Dinge in der Stadt.
– Das werden alles ganz gewöhnliche Beerdigungen werden. – Endenthum weiß, wovon er spricht. Bestellt einen Tokayer. Verwundert bringt der Kellner ein Glas dieses Weines.
– Die kleine Stadtschreiberin, erkundigt er sich, die traut sich wohl nun nicht mehr, so mit Ihnen allein?
– Sie hat geheiratet. Eigener Herd ist Goldes wert.
– Das geht vorüber, sagt der Kellner und reicht die Speisekarte. Nichts Gewöhnliches im »Sambalita«. Jedes Gericht eine Spur exotisch. Plötzlich verspürt Endenthum rasenden Appetit. Noch nie im Leben hatte er einen solchen Appetit:
– Ich möchte die ganze Konfiserie!
– Wie bitte? – Der Kellner neigt den Kopf, als hätte er sich verhört.
– Was Sie haben an Backwerk, Marzipan, Petits fours,

Mousse, Eiscreme, Sorbets, die ganzen Torten, Kuchen, Eclairs und Trüffel, alles, bitte alles ... – Endenthum steckt einen Serviettenzipfel hinter den Krawattenknoten. Der Kellner stellt ein Tellerchen vor den Gast, darauf ein rosa umzuckertes Törtchen.

– Richtig, fang ich klein an. – Endenthum sticht die Kuchengabel in den unteren Rand der Zuckergußrosette, die das Törtchen drapiert. Schiebt die Gabel flach darunter, hebt die Rosette ab. Steckt sie in den Mund. Endenthums Zunge drückt die Rosette gegen den Gaumen. Sie löst sich auf, breitet ihre ganze Süße aus. Es folgen Teig- und Cremeschichten und der Rest des Zuckergusses. Still ist es im »Sambalita« geworden. Die Bedienung hat sich, in gebührendem Abstand, um Endenthum versammelt. Nach dem Törtchen serviert man Eclair.

– Auch Liebesknochen genannt, sagt der Kellner. Endenthum hebt die schokoladeglasierte Brandteigplatte des Gebäcks, ißt sie mit zwei Bissen. Es folgt der gelbe Pudding und die untere Teigschale.

– Großartig! schnauft der Gast. Ananassorbet, Mangocremeeis, Sachertorte. Wiener Spitzen, Schwarzwälder Kirsch, Dresdener Eierschecke.

– Zucker ist Baustein des Lebens, referiert Endenthum und öffnet den oberen Hosenknopf: Wenn meine Freunde kommen, bringen Sie uns als erstes den prächtigen Rosinenkranz. Der Kellner nickt. Deckt ein für vier Personen. Je zwei Gabeln, zwei Messer, einen großen und einen kleinen Löffel für das Menü.

– Heute wird geschlemmt, sagt Hubert Endenthum und fordert Nachschub. Eisbombe, gespickt mit Pralinés und einem kleinen Sambalita-Sonnenschirm. Ratlos schaut sich die Bedienung an. Der Oberkellner macht den Vorschlag, einen Arzt zu informieren. Die Putzfrau hält Eimer und Lappen bereit. Aber Hubert Endenthum ißt und ißt. Keine Süßigkeit läßt er aus. Was sein Körper jahrzehntelang verabscheut hat, füllt Endenthum nun in sich hinein. Der Nachmittag vergeht. Andere Gäste fordern ihr Recht auf Bedienung. Der hauseigene Konditor legt Überstunden ein und schafft noch einige Kreationen. Das »Sambalita« ist bekannt für sein reichhaltiges Angebot.

– Ümülgülgün! sagt Endenthum vor jedem Bissen. Der Abend vergeht. Um Mitternacht schließt das Lokal.

– Wollen wir morgen weitermachen? fragt freundlich der Kellner den süßspeisefressenden Gast.

– Wozu morgen? Drei Windbeutel und zwei Stück Bienenstich läßt sich Endenthum auf Vorrat servieren und sagt: Die anderen kommen heute alle etwas später.

– Wer? will der Kellner wissen. Endenthum legt die Kuchengabel aus der Hand. Sein Mund schließt sich. Auch die Augen fallen halb zu.

– Wer will kommen, Herr Direktor?

– Mindestens einhundert Mann. – Endenthum kann nur noch flüstern. Die rechte Hand greift nach der Zuckerdose, holt einen Würfelzucker heraus.

– Zehntausend Mark werden genügen für einhundert Mann. Sie sollen einfach nur feiern, ohne Trauer. – Endenthum steckt den Zucker zwischen die Lippen, schiebt ihn auf die Zunge, lutscht, zerbeißt ihn.

– Wir wünschen Ihnen eine gute Nacht. – Die Stühle im »Sambalita« sind hochgestellt. Durch die Stuhlbeine kann Endenthum wahrnehmen, wie der letzte Kellner das Lokal verläßt. Endenthum löst zuerst die Nußschicht vom Bienenstich und ißt dann Füllung und Teigboden. Im »Sambalita« wird es dunkel. Zweimal schließt der Kellner von außen die Tür.

Ausflug der Friseure

Sie kommen, wie jedes Jahr, an diese Stelle im Friesischen, auf die zwischen Emden und Ditzumerverlaat gelegene Wiese. Sie erscheinen einzeln oder in kleinen Gruppen. Vor allem aus dem Osten der Welt kommen sie zu zweit oder dritt. Jeder ein quadratisches Köfferchen in der Hand, die Gangways der Flugzeuge und Schiffe herabschreitend, mit erhobenem Kopf und feinen, beinah damenhaften Schritten. Sie lassen sich im Gras nieder, auf Decken und Tüchern und schwätzen und zwitschern über ihr Handwerk. Jährlich gibt es das Neueste zu berichten und vor allem vorzuzeigen. Sie lassen die Kofferschlösser schnappen und bereiten das Picknick vor. Wein, Gebäck, Geflügel. Flaschen werden geöffnet, und es wird angestoßen: aus vielen Ländern ist man hergereist, Getränke aller Art im Gepäck.

– Zu später Stunde, sagt der Mexikaner, werden wir Kakteenschnaps trinken.

Nachdem der erste Schluck genommen ist und die Bekannten und Unbekannten einander begrüßt haben, holen sie das Geflügel hervor. Jeder hat einige, im ganzen Federkleid befindliche Vögel mitgebracht: Hühner die Österreicher, Fasanen die Franzosen, Gänse die Ungarn, Enten kommen aus Polen, Eulen aus Schweden, ein Schwan aus der Schweiz, der Russe bringt einen Milan, vom Argentinier ein Straußenküken, Singvögel der Italiener, die drei Chinesen Spatzen, Zuchtkrähen der

Deutsche und der Einheimische eine Möwe. Sie legen die Vögel auf ihre Decken und bewundern das Gefieder. Dann kommt der Appetit, wie jedes Jahr, zu spätmittäglicher Stunde. Das große Rupfen beginnt. Mit feinem und doch kräftigem Zug ziehen sie Flaum und Deckfedern heraus. Daumen und Mittelfinger fassen den Kiel, drehen ihn mit einem leichten Ruck und werfen den Rupf hinter sich. Manche Federn treibt der Wind über die Wiese. Die schweren liegen in bunten Haufen vor ihnen.

Sie haben den Ausflug wie jedes Jahr mit diesem lustigen Spiel begonnen, wobei sie ihre Künste wortreich bewundern und abschätzend bereden. Als alle Tiere gerupft sind, fahren die gespreizten Finger in die Federhaufen und wirbeln sie in die Luft. Was nicht übers Land treibt, setzt sich in den Haaren fest und wird einander mit viel Gelächter abgepflückt. Bald liegen alle Frisuren wieder frei. Die meisterliche Ordnung der Haare wird nun zum Thema erhoben, ein jeder nach seiner Fasson. Sie stellen vor, was auf den ersten Plätzen der internationalen Mode liegt. Der eigene Kopf demonstriert den letzten Schrei perfekten Handwerks, gegen die Natur gewirkt und gekämmt, mit allen Mitteln der Kunst. So trägt der einst lockige Kubaner geraden Topfschnitt. Zum Igel geschoren und zweierlei rot gefärbt der haarüppige Pole. Filzige Rastalocken zeigt der von Natur aus federhaarige Finne. Afrogekraust geben sich Chinesen und Japaner, während die Krausen der Afrikaner mittels glühendem Eisengerät glatten Fall erhalten hatten. In winzige Zöpfe geflochten der Russenkopf, der Araber in Affenschaukeln, Amerikaner mit Dutt und mit Dauerwelle der Australier. Wie sie geschnitten und geformt hatten! Jedes einzelne Haar trägt das Können des Meisters. Den jahrtausendealten Anlagen zum Trotz verändert und den Zug der Zeit bestimmt.

Sie stoßen mit Champagner an und fallen in Entzükken. Prost! rufen sie und Cheers! und Na sdorowje! – Die zarten Hände berühren das Haar der anderen. Sie bewundern Bändigung und Halt, geben kostbare Ratschläge. Es ist der Franzose, der, verhalten Kritik übend, beginnt, ein falsches Haar vom Brasilianer abzuschneiden. Der Russe nimmt einen Kamm und stößt ihn in eines Japaners Krause. Mit exaktem Messerschnitt senst der Spanier den Blondschopf des Ghanesen ab. Gelächter rollt über die Wiese. Kleine Feuer werden gelegt. Neue Flaschen geöffnet. Prost! ruft man und kostet einmal vom Festiger. Cheers! ein Schluck vom Rasierwasser. Eau de Cologne. Man beginnt sich einzuseifen. Die Koffer geben Shampoos und Naturextrakte her. Der Einheimische holt Wasser. Henna rührt der Lette an, Wasserstoffperoxid der Peruaner. Spülungen fließen über die Köpfe, und es entsteht auf der Wiese eine Musik von solcher Heiterkeit, daß sie sagen: Solch einen gelungenen Ausflug haben wir noch nie gehabt. Dann werfen sie die alte Mode von sich. Sie fallen übereinander her und reißen sich an den Haaren. Neueste Moden kreieren sie aus dem Stand, das heißt aus dem Fall, denn sie stürzen übereinander in kreischender Lust und zerren und ziehen und fitzen die Frisuren. Brennstäbe werden aus den Koffern geholt. Föne hervorgezogen. Bürsten, Wickler, Klemmen, Scheren und Spangen kommen zum Einsatz. Sie drehen einander Locken. Sie ziehen einander die Krausen glatt. Zöpfe werden ent- und geflochten. Blondes wird geschwärzt, Dunkles entfärbt. Prost! Cheers! Na sdorowje!

Herr Li hat noch sein glattes schwarzes Haar. Sie nehmen die Brennschere und stoßen sie hinein. Sie halten die Schere fest, bis das Haar qualmt und sich krümmt. Herr Li rührt sich nicht. Die beiden chinesischen Landsmänner schmieren ihm scharfe Creme in die entstandenen Locken. Herr Li rührt sich nicht. Der Einheimische wetzt das Messer am Riemen. Sie setzen es alle gemeinsam an den innersten Rand des Haaransatzes. Sie führen gemeinsam einen Schnitt von der Stirn über den Scheitel zum Hals. Sie ziehen dem Herrn Li das Haar ab. Sie geben das seltsam entfärbte und gekrauste Gebilde von Hand zu Hand. Herr Li rührt sich nicht.

Drei Tage später findet ein Bauer zwischen Emden und Ditzumerverlaat den Herrn Li auf der Wiese. Er holt Forke und Karren und lädt ihn auf und sagt:

Dat de imme her heoneknoken int Land ligen laten!

Lämmerdeern

Im Dörfchen R. am Pilsumer Watt erzählte mir der Wirt der Kneipe »Zum Ewigen Meer«, in der ich nach einem eiswindigen Spaziergang durchs Friesische bei einem Grog Rast machte, eine Geschichte aus eigener Familie.

Im Oktober 1945, begann er, waren hier im Ort nach einem Muschel-Essen die Eltern meiner Cousine, der zehnjährigen Heike Brouer, gestorben. Heike blieb bei Großmutter Untjelina, dort hinterm Deich stand der Hof. Zehn Jahre später zerquetschte ein herabfallender Truhendeckel dem Fräulein beide Hände so unglücklich, daß sie nur noch als Hautlappen am Gelenk hingen. Heike wurde sofort ohnmächtig; ihre Großmutter nutzte diesen Umstand und trennte einfach mit dem Fleischmesser die Hände von den Armen ab. Ein Arzt war ohnehin nicht zu erreichen gewesen, außerdem kannte sich Untjelina aus in der Kraft der Natur. Sie machte der Enkelin einen Senf-Honig-Verband und gab ihr mehrere Tage lang Branntwein zu trinken, gegen die Schmerzen. Im Dorf sagten die Leute, daß Heike nun gewiß keinen Kerl mehr abbekommen werde. So war es auch.

Dann aber, fuhr der Wirt fort, kam der junge Klaas Krüithoff, angehender Schiffsbauer. Er brachte einen stählernen Haken und einen silbernen Nietbolzen. Mit Lederschlaufen, Schluppen und Schnallen wurden sie an Heikes Stümpfe gezurrt: rechts der Haken, links der

Bolzen. So lernte Heike alle Gegenstände in Garten, Stall und Haushalt neu zu benutzen. Großmutters Gerede, sie hätte auf Heike nicht genug aufgepaßt, wurde von Jahr zu Jahr weniger: die Enkelin hantierte geschickt und leistete, was zu leisten war. Sie besaßen einen Stall mit zwölf Schafen. Jährlich wurden sechs Lämmer geboren, jährlich sechs Tiere geschlachtet. Heike half beim Melken und bei der Schur. Mit Haken und Bolzen griff sie so geschickt nach den Zitzen, daß der Brouersche Hof bald berühmt wurde. Auch aus der Nachbarschaft kamen Leute und glotzten Heike an. Sie war ein Wunder, obgleich ein Krüppel und auch im ganzen häßlich wie –

Der Wirt unterbrach und reichte mir ein zweites Glas Grog, wohinein er ein pflaumengroßes Stück Kluntje gab. Knisternd löste sich der Zuckerbatzen im heißen Getränk auf, und als der Wirt sich vergewissert hatte, daß ich der Geschichte auch nur einen Funken Glauben beimesse, fuhr er damit fort:

Die Bauern spannten sie gern ein, wenn es etwas zu tun gab, woran selbst der gewiefte Landmann schwer zu schaffen hatte. Besonders im Frühjahr, wenn Zeit fürs Lammen war, holte man Heike zur Unterstützung. Sie spannte dann die mit Haken und Bolzen gerüsteten Handstümpfe zwischen die Hinterbeine der Zibben, drückte mit den Oberarmen nach und verschaffte somit dem Lamm eine unbeschwerte Ankunft auf Erden. Wenn die Prozedur abgeschlossen war und die Helferin nicht mehr benötigt wurde, lachte man oder beschimpfte sie in unflätiger Weise. Nur einmal sahen die Leute sie völlig verrückt, das war, als sie dreißig wurde und der alte Bauer Tiddens sie in die Stadt einlud. Sie solle sich mal was Schönes kaufen, hatte er gesagt, und als sie einwilligte und sich neue Gummistiefel wünschte, lachte er, wie ein Ochse brüllt. Seitdem verkroch Heike sich vor den Leuten. Tage vor ihrem vierzigsten Geburtstag starb Großmutter Untjelina. Heike schneuzte sich in die Wolle eines Hammels. Jahre vergingen. Heike erzählte den Tieren, was sie zu erzählen vermochte: die Geschichte von Großmutters Truhe. Dabei blieb es. Geduldig waren die Schafe. Mitleidig die Dorfbewohner. Jan Ubbo, Sohn der Geschwister Antje und Ludger Tiddens; ein Schwachkopf, dem die Unterlippe herabhing, besuchte manchmal die Frau im Schafstall. Er setzte sich auf den Trogrand und schaute ihr bei der Arbeit zu. Heike nahm den Besuch kaum wahr. Ihre Geschichte erzählte sie nur den Schafen. So ging es Jahre, und nichts änderte sich. Am Vorabend ihres siebzigsten Geburtstages stieß Jan Ubbo der Bock. Er fiel rückwärts ins Futter und schrie vor Schmerz. Die alte Heike hakte die Kralle in seinen Hosenbund und hievte den Töffel aus dem Heu. Jan Ubbo hing in ihren Armen. Sie spürte, daß es ihr warm durch den Bauch lief. Diesem Kribbeln ging sie am Abend noch nach, als sie sich eine Kerze anzündete und einen Schnaps trank. Gratuliert hatte ihr keiner.

Bevor der Wirt weitererzählen konnte, hatte er an den Nachbartisch eine Runde Korn zu bringen, dann setzte er sich wieder zu mir und, als wolle er meine Ausdauer im Zuhören prüfen, erkundigte er sich nach meinem Befinden. Ich hatte nichts zu klagen, und so berichtete der Wirt, daß Heike Brouer am nächsten Tag zu sterben beschloß:

Sie zog die Stallkluft aus und ein Kleid an. Haken und Bolzen zupften die Haare zurecht. Heike polierte Schuhe und Stumpfschlaufen mit Lederfett. Ihr war kalt, aber so wollte sie nicht von der Erde. Sie zählte die Schafe. Es waren noch drei. Sie brauchte kein Testament. Sie würde die Tiere noch zu Lebzeiten abgeben. Aber nicht einfach so! dachte die Alte. Im Schlurfschritt bewegte sie sich zum Dorfplatz, wo es einen Glaskasten gab, darinnen man Angebote, Tauschgeschäfte und Neuigkeiten anschlagen konnte. Heike hatte einen Zettel schreiben lassen, worauf sie den Männern des Dorfes je ein Schaf als Geschenk anbot, unter der Bedingung, daß man sie dafür umarmen möge. Das war ihr letzter Wunsch. Schon am nächsten Tag stand Jan Ubbo Tiddens vor Heikes Tür. Sie ließ ihn ein. Führte den Mann am eisernen Ofen vorbei. Das Teewasser bullerte. Sie schob ihn, mit dem Bolzen sanft in den Rücken stoßend, an die Wand und breitete die Arme aus. Jan Ubbo grinste und preßte seinen schwerfälligen Wanst an den der alten Frau. Heike umfaßte ihn. Klirrend berührten sich Haken und Bolzen. Jan Ubbo legte den Kopf auf Heikes Schulter. So war es gut. Dann zog er mit dem gewonnenen Schaf ab. Vor Freude stieß er abwechselnd beide Füße in die schwarze Gartenerde. Heike saß am Ofen und trank Tee. Sie hatte den Pott geschickt zwischen die Stümpfe geklemmt. Noch zwei Schafe besaß Heike Brouer. Am Nachmittag erschien Klaas Kruithoff, der es im Leben zum Schiffseigner geschafft hatte. Er war im Alter von Heike und schüttelte fortwährend den Kopf, als wolle er seine Mißbilligung über das verrückte Angebot aussprechen. Erst nachdem er sich ein Schaf in Heikes Stall ausgesucht hatte, war er bereit zur Umarmung. Heike spürte den harten Bart im Gesicht. Die Wattejacke des Mannes war warm. Heike atmete schwer in sie hinein. Klaas Kruithoff ging, kopfschüttelnd, das Schaf am Strick, über den Deich nach Hause. Heike mußte sich Zeit nehmen für das Sterben. Erst am folgenden Tag sah sie vor dem Fenster den Jungen: Evert de Vries, der halbwüchsige Nachbar, der nach der Schule bei Heike anklopfte, die Schultasche in die Ecke warf und sagte: Mojen! – Er war größer als sie und hielt sein Gesicht vom Kopf der Alten fern, damit er sie während der Umarmung nicht versehentlich mit den Lippen berühre. Heike umfing den Jungen. Es war, als würde das kochende Wasser aus dem Teekessel vom Ofen in ihren Bauch übergehen. Mit dem Bolzen der linken Hand krallte sie sich in den Haken der rechten fest. Evert befreite sich aus der Klammer, indem er wie ein Aal an Heike herunterrutschte. Das letzte Schaf, ein Lamm noch, gab sie freudig ab. Evert warf es auf den Rücken über die Schultasche und stieg über den Torf nach Hause.

Der Wirt vom »Ewigen Meer« sah mich skeptisch an.

Sie wären die erste, die mir die Geschichte von meiner Cousine glauben würde, sagte der Wirt, und mit einem Lächeln seufzte er: die Leute von der Stadt wollen die Wahrheit einfach nicht glauben. – Ich beteuerte, daß ich geradezu darauf versessen bin, den Ausgang der Geschichte zu erfahren, und nach einigem Hin und Her erzählte der Wirt, auf welche Weise Heike Brouer zu ihrem Ende kam:

Sie öffnete mit dem Haken die Lederschlaufen am linken Arm und ließ die Prothese zu Boden fallen. Den linken Arm befreite sie von der Bolzenhand, indem sie mit ihren Zahnstummeln die Schnallen und Bänder löste. Sie ging zum eisernen Ofen und stieß mit dem Fuß die untere Klappe auf. Dann setzte sie sich vor das glühende Loch und ließ das Feuer langsam in sich hinein.

Der Wirt hatte sich neben mich gestellt und sah auf

mich herab. Am Nebentisch die Männer waren gegangen.
 – Zahlen bitte, sagte ich in die entstandene Stille hinein.
 – Erst wenn ich weiß, was sie von meiner Geschichte halten, sprach der Wirt.
Ich erhob mich ebenfalls, suchte nach Kleingeld und versicherte:
 – Ich glaube Ihnen.
Der Wirt schloß für einen Moment die Augen, als wollte er sich meines Anblickes entledigen, dann zog er mich zu sich heran, mit dem harten Griff eines Bauern, drückte meinen Kopf gegen seine Brust, und bevor er mich losließ, sagte er:
 – Geht alles auf meine Rechnung.

Zurzach

Zwei Frauenhände, breit und abgeschrubbt, fassen das vierjährige Mädchen Jaqueline um die raschelnde Hüfte, heben es empor, ein federleichtes Ding, und schieben es in den Waggon. Das Spitzenkleid kratzt und ziept. Jaquelines Fingerchen versuchten in flatternder Unruhe das Zucken einzudämmen, fahren unter Kragen Hemd Rock Schlüpfer, kratzen, scheuern, es wird immer ärger, denn die Spitze ist schön und teuer und extra für die große Fahrt nach Winterthur gekauft. Das Mädchen steht im Waggon des Intercity Leipzig–Zürich, reibt beide Knie aneinander, und die Mutter steigt ihr nach, mit den Händen die aufgeschwemmten Beine auf die Stufen hebend – dann zieht Isolde, indem sie sich an den Griffen hält, ihren Leib nach oben, der hängt ganz schwer unter der Brust wie eine Birne.

Isolde ist die Küchenfrau aus dem Leipziger Bekleidungswerk. Im Alter von dreißig Jahren hat sich Wasser in Hüften und Beinen gesammelt. Das Venengewebe war durch das Stehen an Herd und Waschbecken porös geworden und Isolde aufgequollen. Der Arzt verschrieb Bewegung und kleine Kapseln für das Herz. Isolde schluckte die Kapseln, und einmal täglich bückte sie sich im Heizungskeller zwischen den warmen Rohren, zur Pause, wenn Friedensreich, der Koch, zu ihr kam, eine sanfte eindringliche Bewegung vollführend. Im Alter von einunddreißig Jahren gebar Isolde ihre

Tochter. Das Venengewebe verschlechterte sich noch mehr, Beine und Hüfte der Küchenfrau wurden dicker und dicker, währenddessen der Oberleib schrumpfte, die Kraft versackte.

Isolde schubst das Kind voran. Das Gesicht rot und weich wie Grütze. Sie hat Puder aufgelegt, um das Rot zu überdecken, der seifige Spülbeckendampf hat die Haut durchlässig für Scham und Freude gemacht. Die ganze Welt sieht es ihr an. Jaqueline bekommt den Fensterplatz, die Mutter setzt sich neben sie, keuchend von dem schweren Einstieg. Sie zupft dem Mädchen das Kleid auf den Knien zurecht und streicht sich selbst über die Falten des neuen blauen Plisseerockes: So wird es in Ordnung sein, man soll die Erwartung nicht an den Beinen ablesen; aber die Beinchen des Kindes sind so spillrig dünn, daß sie den Spitzenrock nicht glatt halten können. Jaqueline greint, die Spitze reibt wie Schmirgelpapier zwischen den Schenkeln. Isolde ohne Erbarmen: Warte, bis wir ihn gesehen haben! Er soll nichts Schmuddliges von uns denken. – Dem Mädchen ist es egal. Es will, daß der Zug abfährt. Schagglien, sagt die Mutter, paß du auf, daß du nirgendwo hängen bleibst, paß ja auf bei deiner Schußlichkeit! – Sie selbst drückt ein voreiliges Zittern von ihren Knien weg, als müsse sie dem gleichgültigen Dunst der Betriebsküche entgegenfahren.

Friedensreich der Koch hatte ihr Annoncen zugeschoben. Beim Frühstück unter das Butterbrot. Seine saftigen Lippen hatten gelächelt: versuchs doch mal damit. Sie hatte dem Koch das Kind in den Arm gelegt, eines Tages, kurz nach der Entbindung, da sie noch in den Wochen war. Sie war in den Betrieb gefahren, hatte ihn nach Feierabend abgepaßt und den Säugling in seine zwiebelbratenduftenden Pranken gelegt. Sie hatte das Kind noch im Flug auffangen können, da er es fallen ließ wie ein schlechtes Stück Fleisch. Seitdem gab es keine Pausen mehr für den Koch: Er arbeitete den Tag durch, noch bevor der Säugling in der Krippe untergebracht war, Isolde ihren Dienst in der Küche wieder angetreten hatte. Isolde frühstückte ausgiebig. Sie versuchte Friedensreich den Koch zu locken: Das Wurstbrot schmiere sie selbst, das sei wirklich handgefertigt, und um Windeln, Brei und den ganzen Kram würde *sie* sich kümmern, wenn *er* nur zu ihr stünde, ein wenig nur, denn wenn das Kind schläft, was sollte sie da mit sich machen. Der Koch war taub gewesen, arbeitete durch, nur gelegentlich feixte er hinter dem Spültisch, woran Isolde Tellerstapel vom Fließband in die Seifenlauge bugsierte und ihre schüsselgroßen Hände Essenreste abwuschen, flink und geübt. Eines Morgens hatte der Koch ihr Annoncen zugeschoben und Isolde ihn angeheult wie ein Tier, das dumme Papier zerrissen, zertrampelt und in die Suppe gerührt und in das Spülicht den Kopf gesteckt und Luft angehalten. Es wurde nichts aus dem endgültigen Ende. Friedensreich der Koch hatte lachend die Schnipsel aus den Nudeln gefischt und mit dem Wischtuch Isolde das Gesicht getrocknet. Am nächsten Morgen lagen neue Annoncen auf dem Tisch, und Isolde buchstabierte mühsam, was sich ihr anbot.

Den beiden Reisenden gegenüber sitzt ein Herr in weißem Hemd und gestreiftem Schlips. Er hält das Gesicht hinter dem *Handelsblatt* verborgen und raschelt mit den Zeitungsseiten. Der Zug fährt an. Jaqueline jauchzt, und der Herr hält sich fester an der Zeitung. Die Küchenfrau Isolde lächelt nun. Sieben Stunden bis Winterthur! bekräftigt sie ihren Entschluß und spendet zugleich dem Mädchen Trost für die lange Fahrt in das Schweizer Land. Das Kind, als es das erste Staunen über die Zugfahrt überwunden hat, entsinnt sich des juckenden Spitzenstoffes. Sein forderndes Quengeln: Ausziehn! bitte bitte! Ausziehn! – übertönt die Mutter: vor fremden Leuten ausziehen, igitt, Mädchen! – Der Handlungsreisende raschelt. Isolde versucht ihre Aufregung mittels Landschaftsbetrachtung zu verdrängen: Guck, die schönen Kühe da draußen, wie friedlich die sind! – Jaqueline guckt gehorsam. Jetzt beginnt das Kleidchen auch noch unter den Armen zu reiben. Das Mädchen läßt unbeeindruckt Dörfer und Kühe vorbeiziehen – so viele Finger besitzt es nicht, um alle Stellen ihres Körpers gleichzeitig zu kratzen. Der Herr schlägt die Beine übereinander. Er trägt schwarze geflochtene Schuhe. Isolde ist neugierig, sein Gesicht zu sehen, und nervös, weil das Kind zu hüpfen, einen unartigen Tanz aufzuführen beginnt.

Es hatte sich ihr nur eine einzige passende Annonce geboten gehabt: der Mann aus Winterthur, fünfzig Jahre alt, ernsthaft, einfach, solide. Kleiner Gehfehler durch Kinderlähmung. Beim Lesen dieser Offerte schlug Isolde das Herz höher: Diesen Gehfehler liebte sie, bevor sie sich selbst des in den Beinen versackten Wassers bewußt wurde, des eigenen Makels, der das Küchenteam zu ranzigen Scherzen und den Arzt zum Verschreiben immer höherer Dosen Hydropsin herausforderte. Diesem Mann hatte sie sogleich geschrieben, besser: Friedensreich der Koch nahm sich ihrer Handschrift an und bekritzelte eine Postkarte mit Ansicht des Leipziger Völkerschlachtdenkmals. Isolde fehlten die Worte und die Ruhe zum Halten des Stiftes. Der Koch, nach Absolvieren seiner Pflicht, konnte wieder Pause machen. Isolde, in Erwartung der Antwort aus Winterthur, spülte leidenschaftlich Suppenschüsseln und Teller. Hartnäckige Fettreste schrubbte sie mit Ata vom Geschirr. Ganz auf Sauberkeit war Isolde bedacht, und auf das Kind freute sie sich am Nachmittag jedesmal. Einmal, an dem Tag, als sie die Antwort aus Winterthur erahnte, hatte sie dem Koch sogar noch einmal einen Spaß im Keller gestattet. Sie war ganz frei von jeder Sehnsucht nach ihm gewesen.

Das Mädchen Jaqueline hüpft und tänzelt im Wagen des Intercity Leipzig–Zürich. Die Bewegung läßt sie für Momente das lästige Spitzenröckchen vergessen. Sanft, fast lautlos rollt der Zug durch die Landschaft, ganz schnell Isoldes Glück entgegen. Das Mädchen ahnt es nicht, es weiß nicht, wohin die Reise geht, nur fort, irgendwie fort in etwas Fernes, was die Mutter vorbereitet hat. Zu einem *Papa* hat sie gesagt, aber Jaqueline weiß nichts, nur daß die Spitze ihres neuen Kleidchens die Haut wund scheuert, bis Winterthur, bis sie mit der Mutter aussteigen darf. Der Herr gegenüber faltet das *Handelsblatt* zusammen. Isolde erblickt sein Gesicht: eine entnervte Schönheit, kantig und männlich und unsäglich fehlerfrei. Keine Kinderlähmung, keine Wassersucht; und der Herr zittert vor Empörung, weil Jaqueline tanzt und ihm zweimal schon auf die geflochtenen Lederschuhe getreten hat. In Isolde gluckst Kichern. Sie läßt alles geschehen. Preßt die schwammigen Schenkel aneinander, denn an den Beinen erkennt man das Glück, wenn sie wie Pudding wabbeln oder sich einfach, gegen jeden Willen öffnen. Isolde will nicht, daß der Herr ihr Glück erkennt, denn sonst müßte sie ihm womöglich zustimmen: man hüpft nicht im Eisenbahnwagen herum, man trampelt keine fremden Leute. Der

Intercity rollt durch die schwäbische Alb. Der Herr faltet das *Handelsblatt* wieder auseinander und hält es vor das Gesicht. Hinter der Zeitung versteckt, dreht er den Kopf zum Fenster und blickt auf die Dörfer zwischen Tuttlingen und Leipferdingen. Jaqueline lüpfte cancanartig ihr Röckchen. Der Windzug kühlt die wunde Haut. Guck nur lieber die vielen braunen Kühe an, ruft Isolde, und höre auf mit dem Gehopse! – Das Mädchen aber dreht sich, dreht sich, und das Röckchen fliegt. Hinter Leipferdingen macht der Zug eine Kurve. Jaqueline stolpert und fällt gegen den Herrn, gegen das *Handelsblatt*, das zerreißt, und der Handlungsreisende ruft: Können Sie nicht auf Ihr Kind aufpassen! – Schagglien! warnt Isolde ihre Tochter und beschwört sie, die Kühe zu betrachten. Aber Jaqueline weiß, was sie jetzt tut: Auf des Mannes Schoß springt sie, ihr kleiner Hintern rutscht hin und her, dann sitzt sie still und schaut aus dem Fenster.

An dem Abend, als die Antwort aus Winterthur gekommen war, hatte Isolde ihre Arbeit niedergelegt. Gegen den von Wasser aufgedunsenen Körper, wußte sie, ist nichts zu machen, aber – und sie hielt ihre Abwaschhände gegen das Licht – gegen den rotschuppigen Ausschlag auf Fingern und Unterarmen konnte sie etwas unternehmen. Sie hatte sich krankschreiben lassen und dicke Salbenverbände angelegt. Eine Woche lang hielt sie sich zu Hause auf, die Beine hochgelagert, Hände und Arme verbunden. Das Gesicht bepflasterten Gurkenscheiben, damit die großporige Röte verschwände, die braunen Zähne putzte sie mit feinem Scheuersand. Isolde hatte sich gepflegt und die Betriebsküche hinter sich gelassen und Friedensreich dem Koch zum Abschied höhnisch den blanken Arsch gezeigt. Es war nicht einfach irgendwer, der sie erwartete, es war ein Mann aus Winterthur! Diesen Namen hatte Isolde mehrmals hintereinander ausgesprochen. Er klang fremd und schön – und irgendwie verband Isolde das Wort Kinderlähmung damit auf angenehmste Weise. Das Ekzem war fast abgeheilt, die Zähne ein wenig heller gebürstet, ein neuer Rock war gekauft und das Kleidchen für Jaqueline.

Im Städtchen Zurzach hinter der deutsch-schweizerischen Grenze, kurz hinterm Kadelberg am Rhein, bleibt der Zug stehen. Mit einem Ruck. Jaqueline fällt von den Knien des Herrn, rutscht nach vorn, prellt sich am Fenstertisch die rechte Schulter. Selbst Isoldes massiger Unterkörper gibt aus der Ruhe nach und wird zur Sitzkante gedrückt. Verdammt! sagt der Handlungsreisende, steht auf, reibt sich die Knie und geht in den Gang rauchen. Verdammt! sagt auch Isolde, denn sofort ist Angst da: Winterthur. Der Einfache, Solide, der nur einen winzigen Gehfehler besitzt, aber wegen dieses Gehfehlers hat er noch keine Liebste. Wenn der Zug in Zurzach hält, ist Winterthur fern. Isolde drückt ihren Leib nach oben, stemmt sich auf, zittert. Die schweren Beine bewegen sich zum Ausgang. Das Herz arbeitet wie ein Druckkessel. Jaqueline läuft weinend hinter der Mutter her. Die Gänge des Intercity füllen sich mit Reisenden. Keiner weiß etwas. Nach zwanzig Minuten Stillstand öffnen sich die elektrisch betriebenen Türen des Zuges. Die Fahrgäste steigen die Stufen hinab ins Freie. Still steht der Zug, und die Leute beginnen, über Absperrungen und alte Schwellen zu klettern, lustig und behend, sie laufen auf den Gleisen vom Zurzacher Bahnhof, balancieren, tänzeln oder recken sich in der sommerlichen Luft, als gäbe es keine Bestimmungen, kein

Ziel, keine Zeit. Jemand vom Zurzacher Bahndienst schenkt Kaffee aus, an die fröhlichen, neugierigen Leute. Irgend etwas ist geschehen. Das weiß auch Isolde. So schnell es ihre Beine erlauben, bewegt sie sich außen am Bahnsteig entlang Richtung Zugspitze. Jaqueline, noch immer weinend, an ihrer Seite. Sie will des Onkels Schoß wieder und kein Warten, auch fürchtet sie sich vor Mutters ängstlichen Watschelschritten. Und vor dem schwachen Herz, von dem sie sagte: Das hängt nur noch an einem winzigen Fädchen. An der Lok hat sich bereits eine Menschenansammlung gebildet. Isolde drängelt sich durch. Jetzt will sie es wissen, da keiner es ihr sagt, und Winterthur ist noch fern, sie muß pünktlich sein, um Gottes willen, ganz pünktlich! Bahnpersonal und andere Uniformierte des Schweizer Unfalldienstes halten die Neugierigen von der Lokomotive zurück: Es ist nichts Schlimmes passiert, also bitte, steigen Sie wieder ein! – Isolde drängt vorbei. Sie muß wissen, was geschehen ist. Warum sie hier ihr Glück verwartet, an diesem dreimalverdammten Ort. Von dem aus sie zu Friedensreich dem Koch zurückfahren müßte und nicht voran nach Winterthur, zu dieser soliden traurigen Liebe. Wenn sie wüßte, was geschehen ist, könnte sie womöglich helfen, den Zug in Gang zu setzen, denn Isolde hat Hände mit der Kraft von Tellerminen. Sie hört das Töchterchen aufkreischen, ein Ton, ganz Schrecken, schrillt aus dem kleinen Mund durch Zurzach – Jaqueline sieht das Blut an der Lokspitze und die Fetzen und den grünen Brei – und wirft sich der Mutter in die Arme und zappelt schreit tanzt – und *Können Sie nicht auf Ihr Kind aufpassen*, sagen die Handlungsreisenden, und Isolde watschelt, das Kind im Arm, zurück ins Wageninnere. Mit einer dreiviertelstündigen Verspätung fährt der Intercity Leipzig–Zürich vom Ort Zurzach weiter nach Winterthur. Jaqueline, auf dem leeren Platz gegenüber der Mutter sitzend, malt Fratzen an das Fenster. Der Handlungsreisende steht im Gang und wird noch bis Zürich dort stehen und rauchen. Schneller, fahr schneller! feuert Isolde den Zug an, und das Kind beruhigend: Hör zu heulen auf, Schagglien, wer weiß, was passiert ist, der Onkel wird schon auf uns warten, das wird er bestimmt! – In diesem Moment hört Jaqueline auf zu weinen. Sie zeigt durch die verschmierte Zugscheibe nach draußen. Vergessen die kratzende Rockspitze, vergessen die schreckliche Lokomotive – Isolde, den Blicken des Kindes folgend, sieht die sonst friedlich kauenden Rinderherden plötzlich in Bewegung. Nähert sich der Intercity einer Herde, beginnen die Kühe zu laufen, setzen den Körper in Gang, rennen über die Weiden, immer dem fahrenden Zug nach, durchbrechen die elektrischen Zäune, galoppieren über Felder und Koppeln, bis sie in ihrem rasenden Lauf innehalten müssen, weil der Zug schneller ist als sie – und es erfaßt die nächste Herde, die dem Zug folgt, in irrer Hatz einer unbekannten Gewalt. – Mama! Mama! schreit das Mädchen, guck, die Kühe, wie die uns nachlaufen! – Isolde aber lehnt sich zurück in ihrer Bank. Vor dem Zugfenster raucht die Erde vom Staub der rasenden Tiere. Winterthur wird bald erreicht sein. Das ganz einfache solide Glück. Ein klein wenig nur gelähmt. Selbst von den Hügeln kommen die Tier herab, rutschen, plumpsen nieder, schreien und muhen ... Mama! schreit Jaqueline begeistert von dem Schauspiel. Warum tun die Kühe das? – Der Herr betritt wieder das Abteil. Er schüttelt seine vom Stehen schmerzenden Beine, setzt sich neben das Mädchen und erklärt weltmännisch: Kurz vor

Zurzach ist eine Kuh vor die Lok gelaufen. Das riechen die anderen gegen den Wind. – Er hat seine Lektion gegeben, faltet das *Handelsblatt* auf und schlägt die Beine übereinander. Isolde will es nicht glauben. Ihr dunkler Mund bringt ein hohes ungläubiges Lachen hervor. Der Zug scheppert davon. Jaqueline preßt ihre Händchen vor das Gesicht. Gern hätte sie wieder geweint, aber sie fühlt ihr Inneres ganz leer und trocken. Das Mädchen legt seinen Kopf auf die Knie des neben ihr sitzenden Mannes. Es sieht das Muster der geflochtenen Schuhe. Und schläft.

Der Ring

Im Januar 1995, während eines Wachganges an der Oder, in der Nähe des polnischen Grenzstädtchens Cedynia, erzählte Grenzschutzunteroffizier Huppert dem jungen Soldaten, der ihn begleitete und, wie er behauptete, wegen unerträglicher Fußkälte, kaum noch stehen konnte, eine Geschichte.

– Im Kindergarten, begann der Unteroffizier, nannte man mich Spinnenbein, zu Hause Täubchen. Als ich mit acht in die Schule kam, sah ich aus wie fünf. Beim Kämmen stand mein Haar vom Kopf ab. Fusselkopp nannte man mich in der Schule. Zu Hause Täubchen. Jeden Abend stellte mich Mutter vor den Spiegel im Schlafzimmer. Durch die Kopfhaut war'n die Knochen zu sehn. Vor Wut hab ich gefressen und gefressen. Am Bahnhofsimbiß durfte ich immer Bratwurst und Hähnchen kaufen. So viel ich wollte. Die Alten wußten doch nicht, was sie sonst noch Gutes für mich tun sollten. Und dort sah ich Tauben: blaue, graue, braune, weiße, gefleckte. Mächtige Tiere, die Wurstreste pickten, und wenn man mit dem Fuß aufstampfte, wie Bomber von der Straße abhoben.

Der Soldat nahm das Gewehr von der Schulter, stellte es ab und stützte sich darauf. Rieb den Schaft des rechten Stiefels an dem des linken und verzog das Gesicht. Knöchelhoch der Schnee, und Unteroffizier Huppert steckte sich eine Zigarette an. Er zog den warmen Rauch durch die Lunge und sagte:

– Ich war keine Taube. Einmal brachte Vater was Besonderes zum Abendbrot mit: ein gerupftes Täubchen. Am Fuß trug es noch einen Ring. Vater hielt's an den Flügelspitzen hoch. Ein erbärmliches Vieh. Damit du weißt, was ein Täubchen ist, sagte er. Dann die Getreidemühle. Gerste und Dinkel, Roggen und Grünkern. Mutter machte jeden Tag Flocken aus den Körnern. Milch dazu. Honig und Butter. Und gelbe Hühner mit fetten Sterzeln, die Vater heranschaffte. Jeden Mittag Suppe mit Einlage. Rinderknochen, aus denen ich das Mark saugen mußte. Dann die Boxübertragungen im Fernsehen. Sieh dir das an, sagte Vater. Ich habe die Runden verfolgt, sage ich dir, diese Kraft, diese unglaubliche Kraft! Diese Kerle mußten nicht vorm Schlafzimmerspiegel stehen!

Der Soldat knickte ein wenig in den Knien ein. Huppert stieß ihn sanft mit dem Gewehrkolben in die Seite.

– Hör zu! In der Schule bekam ich Prügel. Hab nie geheult. Die Wut der Schulkameraden kannst du dir nicht vorstellen. Sieht aus wie eine Leiche und heult nicht! Hab mir Sportmagazine gekauft und die Wand überm Bett tapeziert. Lebensgroße Boxerfotos. Vater hat gelacht. Und immer wieder die Mühle! An einem Sonntag beschloß ich dann, ein anderer zu werden. Hab Kissen auf den Tisch gelegt und dagegengeboxt. Eine halbe Stunde lang. Dann war ich k.o. Vorm Schlafzimmerspiegel herumgetanzt – Vater lachte. Schallend. Aber ich wollte weiter. Jeden Boxkampf hab ich im Fernsehen verfolgt. Und mitgemacht, immer in die Luft. Gegen alles, was ich in der Wohnung gefunden hab: Kissen, Decken, Kuscheltiere, Polstermöbel und gegen die gummierte Schlafzimmertür. Bis meine Finger taub waren.

Der Soldat hockte sich nieder und umschlang die vor

Kälte tauben Beine. Unteroffizier Huppert warf die halbaufgerauchte Zigarette in den Schnee, nahm das Fernrohr und schaute hindurch. Letzte Nacht hatte man einen Grenzgänger gefunden. Im Oder-Wasser treibend, steif wie Tiefkühlkost.

– Du hältst doch keinen Hieb aus, hatte Vater gesagt. Aber ich: Ich bin Champion, Alter! Dann der Schlag von ihm gegen meine Brust. Ich mit dem Kopf an die Kommode. Der Alte hat sich vielleicht geschämt. Am nächsten Tag begann ich mit Kraftübungen. Legte mich auf den Teppich, in der linken Hand ein Lexikon, in der rechten das Bügeleisen. Hochstemmen, zwei-, dreimal. Dann war's aus. Ich ging zu meinen Göttern an der Wand. Redete mit ihnen. Und ich wußte: Das wird was mit dir, Andy. War offensiv, eher Angreifer als Taktiker. Hab's gespürt.

Der Unteroffizier hielt die Fäuste vor das Gesicht und tänzelte in Distanz vor dem Soldaten, der sich mühsam erhoben hatte und, am ganzen Leib zitternd, dem Fortgang der Geschichte nur schwer folgen konnte.

– Am nächsten Tag wieder Training. Wurde eine Klasse zurückgestuft, auf Antrag meiner Eltern. Wegen Körperschwäche. Als ich zehn war, bekam ich von Vater eine Karte für den Boxkampf Max Schauer gegen Ole Branz. Fand in München statt. Große Klasse. Am Morgen die übliche Rinderbrühe und Essenspakete für die Reise. Acht Stunden im Zug! Die Karte für zweihundert Mark. Wir saßen in der vordersten Reihe, zwei Meter vom Ring entfernt. Vater fragte, für wen ich sei. Max, sagte ich. Ohne zu überlegen. Der Fight begann. Eine Luft, sag ich dir! Wie im Zirkus. Tigergestank. Gezittert hab ich. Nach fünf Minuten der erste Schlag, kurzer rechter Haken. Dann eine Linke, kerzengerade, krachend. Da war was rausgeflogen aus dem Mund des Boxers, und der Ringrichter hat's auf der Matte zur Seite geschoben. Die Zunge! hab ich gedacht, Max hat seine Zunge ausgespuckt! Das war die erste Runde.

Der Soldat versuchte, die Füße auf der Stelle bewegend, warm zu werden. Weiß im Gesicht, die Wangen eisglitzernd, begann er zu wanken. Huppert stützte ihn mit dem Gewehrkolben. Es begann zu dämmern. Bald war die erste Schlepperbande zu erwarten. Der Frost knackte, und der Unteroffizier fuhr fort:

– Max hing in seiner Ringecke. An der Lippe Blut. Der Cutman hat den Schwamm draufgedrückt. Manchmal macht's man sogar mit frischem Rindfleisch. Das hilft, sag ich dir. Ein Rumpsteak ins Gesicht, und weiter! Die Schläge haben geklatscht, wie wenn Mutter das Kotelett klopft und aufs Brett wirft. Kook! Jab! Punch! Uppercut! Ich wußte Bescheid. Bis zu mir hat's gespritzt: Blut und Schweiß. Eine Luft war das! In der neunten Runde krachte Ole Branz hin. Ich hab was brechen gehört. Knochen, sag ich dir, richtig die Knochen! ... vier ... fünf ... bei sechs stand er wieder. Jetzt Max. Zweimal kurz hintereinander mit einer Faust. Wie ein Quirl hat sich Branz gedreht, wie ein Quirl! Der Kampf war aus. Ich: hoch vom Sitz. Als erster. Geschrien hab ich: The Champion is Max Schauer! – Dann die anderen. Wie Tiere. Mein Vater hat mich am Hemd gepackt. Hab gedacht, der will mich fertigmachen. Hat sich aber nur gefreut. Und ich erst! Ich mußte mich zeigen. Alles hab ich für den Moment aufgespart. Und dann – durch die Seile in den Ring. Zurück! hat Vater gerufen. Aber der wirkliche Champion hatte mich schon hochgehoben. Ich auf den Armen des großen Max Schauer. Das Publikum tobte. Max winkte. In der freien Hand den Siegergürtel. Ich legte meinen Arm um seinen Hals. Die Lippen: blau, grün, ein einziger Matsch, näherten sich meinem rechten Ohr. Zurück! hat Vater gerufen, zurück! Da hat es der Champ zu mir gesagt, ganz leise: Du Taubenschiß. – Dann bin ich runtergefallen. Knockout.

Unteroffizier Huppert schulterte das Gewehr. Der Soldat rutschte zusammen.

– Was glaubst du, warum ich dir die Geschichte erzählt hab? fragte der Unteroffizier. Zornig ging er um den im Schnee liegenden Jungen herum. Er bückte sich, ihn aufzurütteln. Da sah der Unteroffizier, daß die Stiefelsohlen des Soldaten aufgeschnitten und er barfuß war. Diesen Spaß, den sich die Stubenältesten mit den »Frischlingen« machten, hatte er selbst eingeführt. Vor Jahren.

– Taubenschiß, sagte Unteroffizier Huppert, packte den Soldaten an der Montur und schleifte ihn die Grenze entlang ins Quartier.

Des Kaisers Rad

– Aber der Kaiser ist ja nackt! sagte endlich ein Kind.

– Herrgott, die Stimme der Unvernunft! sagte die Mutter erschrocken, nahm das Kind beiseite und gab ihm eine Maulschelle, daß der Knall bis unter den prächtigen Thronhimmel zu hören war.

Auch der Vater erschrak, ohrfeigte das Kind. Dann versetzte er der Frau einen Stoß gegen den Kopf:

– Daß du so viel Aufhebens um unser dummes Kind machen mußt! Siehst du nicht, wie der ganze Hofstaat nach uns schaut? Wir sind unser Leben lang nicht aufgefallen.

– Aber der Kaiser ist doch nackt, weinte das Kind, und ein Finger zeigte auf den Monarchen, der den Thron erstiegen hatte und ohne einen Fetzen Stoff auf der Haut das Zepter führte.

Die Mutter des Kindes rührten die dünnen, behaarten Beine des Herrschers. Sie erschrak vor dem faßförmigen Bauch, der sich auf diesen Beinchen hielt.

Bevor das Kind ein drittes Mal rufen konnte, trat der Erste Kammerherr des Kaisers heran. Er faßte es bei den Armen, hob es hoch und fragte ihm ins Gesicht:

– Bist du dumm?

Das Kind wimmerte vor Schmerzen, schüttelte den Kopf.

– Der Kaiser ist ja ... preßte es unter Tränen hervor.

Da stopfte der Kammerherr ihm einen Knebel in den Mund und rief:

– Dieses Kind taugt nichts! Es ist dumm! Es kann den schönen Stoff nicht erkennen, den unser Kaiser trägt.

Die Menschen rings um den Kaiserstuhl, die dem nackten Monarchen dienerten und laut Ohh! und Ahh! gerufen hatten, murmelten beifällig, als dem Kind der Mund gestopft ward.

– Recht geschieht ihm, sagte auch der Vater, obwohl er sich eines kleinen Schmerzes in der Herzgegend nicht erwehren konnte: Sein Kind war erst sechs Jahre alt und überdies ein sehr schwaches, kränkliches Geschöpf.

Die Eltern versuchten, das Kind an den Rand der Prozession zu ziehen, aber es war widerborstig und wollte nicht laufen, schließlich trug es der Erste Kammerherr einfach weg.

– Was ist da los? wollte der Kaiser unter dem Thronhimmel wissen, und um besser sehen zu können, stand er auf.

– Ahhh! rief die Volksmenge, was für Muster! Diese herrlichen Farben!

Keiner stand dem Kind zur Seite und gab zu, daß er auch nicht mehr sah als den nackten Wanst des Herrschers, an dessen Unterseite ein winziges Klunkerchen Gemächt seine Männlichkeit zeigte.

– Wir haben hier den kleinsten, doch größten Dummkopf des Landes gefangen. Er ist nicht nur dumm, sondern auch gefährlich, erklärte der Oberzeremonienmeister dem Kaiser.

– Was hat er denn getan, wollte der Herrscher wissen.

– Er hat behauptet, Ihr wäret ... nackt, Majestät.

– Flechtet ihn aufs Rad, schnaubte der Kaiser und kratzte sich über die Brust.

– Aber es ist doch nur ein Kind! rief die Mutter des Delinquenten.

Doch schon hatte jemand aus dem Volk ein Rad herbeigeschafft und begann, den kleinen Übeltäter in die Speichen zu flechten. Dafür mußten dem Kind Arme und Beine gebrochen werden. Das Volk half, die Arbeit ordentlich auszuführen. Da fiel dem Kind der Knebel aus dem Mund, und mit schon halbtoter Stimme sagte es:

– Aber der Kaiser ist doch nackt.

Es ging ein Aufschrei durch die Menge. Soldaten wurden herbeigerufen. Das erste Mal in ihrer Dienstzeit empfingen sie den kaiserlichen Befehl:

– Erledigt den Feind!

Gewohnt, den Satz *Der Kaiser ist in der Garderobe* zu hören, waren die Soldaten nun hocherfreut. Sie gingen sogleich daran, den Befehl auszuführen. Sie rollten das auf das Rad geflochtene Kind durch die Menge zum Thron. Dabei zertrat einer dem Kind mit den Stiefeln das Gesicht. Es konnte nun auch nicht mehr sprechen.

– Exzellent, sagte der Kaiser und strich sich über den Bauch, von nun an wird unser Land Ruhe haben vor diesem Verräter.

– Ja, Eure Majestät! rief der Oberzeremonienmeister, keiner wird jemals wieder sagen, der Kaiser sei nackt!

– Was bin ich? brüllte der Monarch, und sofort schloß sich der Befehl an:

– Rädert den Mann! Erledigt den Feind!

Schon war das tote Kind vom Rad genommen und der Oberzeremonienmeister aufgeflochten, und der Erste Kammerherr jubelte:

– Keiner wird je wieder sagen, der Kaiser sei nackt!

Ohne den Befehl abzuwarten, flochten das Volk und die Soldaten nun auch den Ersten Kammerherrn aufs

Rad und jubelten und freuten sich, so daß sie bald alle ganz übermütig riefen:

– Keiner wird jemals wieder ...

Kaum hatte einer diesen Satz zu Ende gesprochen, war er auch schon des Todes; und die ihn töteten, übermannte die Siegfreude, und sie sagten den nämlichen Satz. Bald war der Platz rot von Blut, und der Kaiser dachte bei sich: Nun muß ich die Prozession durchhalten. Und so hielt er sich noch stolzer, und der letzte Mensch, den er noch lebend sehen konnte, ein sechsjähriger Knabe, folgte ihm und trug die Schleppe.

Stinopel

Als Sepp Engelhuber auf seiner unverwüstlichen Hose die Dachschindeln des Mölkeschen Hauses herabgerutscht kam, begann der Frieden zu herrschen. Sepp landete auf den Stümpfen abgesäbelter Brennesseln – die Mölkesche hatte Tage zuvor Suppe davon gekocht, herb angerichtet mit Klee, Kümmel und Stücken feinster Schuhsohle –, er richtete sich, arschreibend, auf und bläkte seine Kundschaft durch das Dorf: Frieden herrscht! Die Mölkesche schickte die Magd Konstanze: Geh, da hat sich einer in die Nesseln gesetzt. – Aber der Sepp Engelhuber, so viele Jahre er auf seinem ledernen Buckel hatte, wußte es genauer: Konstanze, die Magd, ging in den Frieden hinaus. Sie ging zum Sepp und mit ihm unter den Birnbaum. Dort lag der Frieden im Gras, er war über Schmölz und Schierschnitz nach Stinopel gekommen. Niemand hatte gewußt wie, es war ein Mensch hergelaufen oder keiner, gewesen war etwas oder nichts; ein Fremder gesichtet am Anger, einer, der hätte Herbert Abusch gewesen sein können, der Barbier oder ein ganz anderer, einer im Feldhemd oder im Feld; ratata ratata hatten Kinder zu hören geglaubt, aber keiner wollte etwas gewußt haben, die Brennesseln waren im Magen verbrannt, das Dorf Stinopel rauchte noch, ratata ratata, es hätte durchaus der Barbier sein können, aber Sepp Engelhuber, der Alte, wußte es besser.

Die Magd Konstanze war die erste, welcher die Freude kam. Sie war ausgeschickt worden, den Frieden zu empfangen. Als dieser gerade eine halbe Stunde alt war, lehnte Konstanze schon ihren Kopf mit dem bauschigen gelben Haar an den Stamm des Birnbaumes, stützte sich mit beiden Armen fest von unten, raffte hoch, was die letzten Jahre unbenutzt geblieben war, zerrte sich frei von Bändern und Schnüren und ließ den Frieden herrschen. Sepp Engelhuber war der erste. Er schloß seine Ledernen auf und, da man der Botschaft im Dorf noch keinen rechten Glauben geben wollte, ließ die Wirklichkeit in die hübsche Magd einschießen, einen sanften Böller, den sie mit Appetit aufnahm und danach forderte: MEHR. Sepp lag zwischen den Birnen. Halbreif waren sie während seiner Tätigkeit von den Ästen gefallen und rollten holzknorrig im Gras. Der Himmel stand, eine Glocke, über allem.

Konstanze zeigte sich hungrig: Jahrelanger Dienst bei der Mölkeschen, dem leukämischen Drachen, hatten ihr jedwede Freude genommen. Merkst du nich, daß Kriech is, so war es täglich der altadligen Herrin aus den Lippen gepfiffen. Sie hatte Riegel und Schlösser gesperrt und die hungrige Magd mit den feinsten Resten gefüttert, die ein unendlicher Keller barg. So war Konstanze über den Krieg hinweggeblüht, hatte der Mölkeschen vom Bett zum Abort und zurück geholfen, deren graues Haar zu Zöpfen geknüpft, sie an Kinn und Oberlippe rasiert, ihr frische Hemden angelegt und auf das Ende gewartet. Der Krieg aber hatte vergessen, das Ende zu machen. Das Mölkesche Blut war dünner und dünner geworden. Im Keller die Marmelade, die Soleier, das Speckfett und das Weizenmehl hatten abgenommen. Konstanze mußte auf Brennesseln ausweichen wie alle im Dorf Stinopel – das aber brachte ihr die Wut, die war so gelb und stark gewesen, daß sie ihr zu Kopfe gestiegen und das braune Haar über Nacht gefärbt hatte.

An jenem Morgen, als Sepp Engelhuber den Frieden ausgerufen hatte, ging sie mit ihrem Wuthaar nach draußen, und das erste also, was sie tat, war, ihren Hunger zu stillen, indem sie sich aufraffte.

Sepp Engelhuber erhob sich. In diesen Zeiten war nicht mehr von ihm zu erwarten. Immerhin war er Invalid, hatte den grauen Nebel auf beiden Augen und ein Ohr taub und einen halben Arm im Feld gelassen. Die Ledernen aber trug er immer fest an sich, es hatte sich auch nichts anderes geboten gehabt, und das Alter, das wußte man ja, meldete sich herrisch zu Wort. Aber Sepp war der erste, der ins Dorf den Frieden brachte. Mehr, rief Konstanze und drückte mit den Armen ihren Leib nach oben. So sprach die neue Herrschaft sich herum. Sepp fegte durch das Dorf. Glücklich war er, obgleich ihm die Knie flatterten nach dieser Arbeit. Er holte alle zusammen, die zu holen waren, alle, die der Krieg gelassen hatte oder zurückgebracht. Sie liefen auf den Anger unter den Birnbaum, in Ledernen oder in Lumpen, die letzten Männer von Stinopel stolperten durchs Gras, über die hölzernen Birnen hinweg – und als sie die Magd Konstanze so in ihrem gelben Haar am Baume liegen sahen, ging ihnen der Frieden auf wie ein Feuer. Der zweite war Karl Graichen, der sechzehnjährige Rotzbengel, den der Krieg nicht genommen hatte. Er zeigte an Konstanze seine Fähigkeit zur Attacke, allein man befahl ihm, schneller zum Ende zu kommen, weil der Frieden doch alle meint, nicht nur ihn. Schon zog ein nächster den kleinen Karl aus der Magd, um ihren Hunger mit dem seinen zu stillen. Melchior Brandt war es, der auf Urlaub gewesen, ein strammer Feldgrauer in mäßigem Einsatz. Bevor dieser jedoch zu seinem ersten friedlichen Erlebnis kam, rollte ihn der wütige Barbier davon. Er könne nicht warten, jetzt, da Frieden herrscht, müsse er wieder an die Köpfe. Das war ein Befehl: der Barbier tat es der gelbhaarigen messerscharf, so genau, daß sie eigentlich hätte genug haben müssen für den Tag, aber noch immer rief sie: mehr! mehr! – Sie nahm die Reihe der Stinopeler, und die Reihe nahm sie, einer nach dem anderen, den ganzen Tag lang. Der Frieden wurde älter und älter. Im Mölkeschen Haus schleppte sich die Herrin vom Bett zum Abort und zurück. Sie schlurfte über einen leeren Keller, der den Krieg nicht durchgehalten hatte. Nun war die Magd ausgeblieben und lag, voll von Glück und vorerst gesättigt, unterm Birnbaum. Und Stinopel begann seinen Aufbau.

Es hätte Herbert Abusch gewesen sein können, der schneidige Barbier; oder der kleine Karl, der den Krieg nicht durfte; oder Melchior Brandt, der sich noch einmal an den Schluß der Reihe angestellt hatte, um den Frieden zu fühlen; oder auch Sepp Engelhuber, der erste; oder der oder der oder das ganze Dorf Stinopel... Jedenfalls wußte es die Magd Konstanze nicht, als sie im Mai des zweiten Friedensjahres das Kindlein zur Welt brachte. Es kam aus ihr an einem Sonntag, prall und gutgestalt, es begann sofort zu schreien, brüllte sich rot und tränenleer und ließ sich so vom Dorf Stinopel begrüßen. Birnenschnaps wurde in Tassen ausgeschenkt; ein obergäriges Bier machte die Runde. – Stinopel war Vater geworden – das gab ein Fest, daß das Leder krachte. Einer nach dem anderen trat zur Wiege des Kindes, voller Stolz, an deren Inhalt mitgetan zu haben. Einer nach dem anderen gab sich die schöne, nicht zu beweisende

Schuld. Humpen hoben sich über dem Kind, Schaum taufte es, der Frieden herrschte noch immer. Konstanze lag glücklich. In ihrer Brust schoß die Milch dick und süß, sie legte das Kind an, es trank, wie Stinopel Bier trank: einen Liter täglich, hastig in großen Zügen. Danach brüllte es an den leeren Brüsten: mehr! mehr! Aber aus Konstanze kam nicht mehr. Sie band ihr Haar straff nach hinten, hob den Leib im Wochenbett von unten her an und forderte Vater Stinopel auf: Schaff ran! – Einer nach dem anderen brachte Stärkung. Unersättlich war die Magd, heißhungrig das Kind in der Wiege. Während Konstanze schon wieder nach Frieden verlangte (und dieses in der Zeit ihrer Unreinheit vorwiegend dem sich beweisen wollenden kleinen Karl antrug), brachten die anderen Väter habbare Speisen an ihr Lager. Konstanze aß, spülte mit Bier nach; aß, was die neue Zeit heranwachsen ließ voller Appetit und Lust. Die Milch in ihr wurde fließend, das Kind soff den Tag lang. Prächtig war es, ohne Haare auf dem Kopf mit durchscheinenden klaren Augen. Es wurde Mäxi Mühe genannt und hatte ein Allerweltsgesicht.

Mäxi Mühe war süß und dick wie die Milch, welche jedoch der Mutter nach dem zweiten Lebensjahr des Kindes hoffnungslos versiegte. Der alte Sepp, nach seiner Zeugungsaktion von manch trudeligem Gedanken besessen, schob dieses Versiegen auf den Mond, der eines Nachts fremd und böse seitlich am Himmel gelegen haben sollte. Aber Konstanze wollte nicht über den Birnbaum hinaussehen. Der Mond interessierte sie keinesfalls. Er machte weder froh noch satt. Sie war leergesogen, ihre Brustwarzen waren zerkaut und fühllos, das gelbe Haar ocker geworden. Das Blut in ihr aber pulsierte noch immer unersättlich. Ihre Rufe nach mehr!

mehr! übertönten die des Kindes. Mitunter bildeten beide einen fordernden Chorus, denn es gab ja kein Elend mehr, die Keller des Dorfes waren alle wieder gefüllt und die Männer gestärkt.

Mäxi Mühe machte sich davon. Er rollte sich eines Nachts aus seinem Bettchen, plumpste auf die Erde und kroch den finsteren Flur des Mölkeschen Hauses entlang. Seine Mutter, die Magd, schlief fest nach der Tagesarbeit; sie fingerte manchmal im Bett nach ihm, streichelte seine mobbligen Arme, um danach wieder beruhigt einzuschlafen. In dieser Nacht aber floh das Kind, weil ihn hungerte. Der Flur war dunkel und feucht, unter der Decke hängend, keimten Zwiebelzöpfe, eine alte Leidenschaft der Herrin. An den Wänden stießen sich die Falter irre. Es zirpte im Schirmständer. Unter der langen Bastmatte wucherte Myzelium. Als der kleine Mäxi zum Ende des Flures gerobbt war, prallte er mit seinem haarlosen Schädel gegen ein Bein. Das Bein war fadendünn und gehörte der Mölkeschen, die an der Wand lehnte. Sie befand sich auf dem Gang zum Abort und zurück und pfiff beim Atmen wie ein Kessel. Pfff! stieß das Baby verwundert aus, griente und tastete sich schließlich an der Gestalt nach oben. Die Mölkesche war am Ende. Als sich Mäxi Mühe in seiner ganzen Schwere an sie hängte, knickte sie mittendurch. Ihre Fadenglieder fielen auf den Teppich, Mäxi begann zu greinen, denn er fand sich ausweglos in ihnen verstrickt. Die Mölkesche hatte den Gang vom Abort zurück nicht mehr geschafft. Das letzte wäßrige Blut gerann in ihr. Das Baby aber fitzte sich aus seinem Unglück heraus und kroch, heißhungrig geworden, zur Tür. Die Nacht war schwer und voller Herbst. Alle Väter vom Dorf Stinopel schliefen, sie hatten im Aufbau ihre Kräfte gelassen, über Nacht kamen sie wieder. Mitunter, wenn die Zäune frisch gesetzt wurden und die Straßen verbreitert, wenn Merceden die Garagen besetzten und die schönen Dinge durch die Dächer kamen, schauten manche der Stinopeler aus dem Schlaf auf und griffen unter ihr Kopfkissen. Sie schliefen mit dem Spaten und einer seltsamen Furcht ein. Nächtlich kamen ihnen die landläufigen Träume. Mäxi Mühe war nicht sattzukriegen in diesem Frieden, der unabdingbar seine Gewalt tat. Mäxi mußte auf der Wiese verschnaufen. Er legte das glattes Köpfchen ins Gras, streckte die wurstigen Beine nach oben und rüstete sich so für den Fortgang. Über die Wälder rollte der Mond. Mäxi Mühe rutschte weiter. Er gelangte an den Birnbaum, unter dem er gezeugt wurde. Dort lagen die Birnen gelb und rochen nach Sirup. Mit den ersten beiden Zähnen, die ihm im Munde gewachsen waren, warf sich das Baby auf die Früchte. Es stand wacklig, beugte die drallen Arme und biß in das triefende Fruchtfleisch. Die Birnen schmeckten ihm göttlich. Saft war darin, besser als Milch. Es mahlte mit den kleinen Zähnen, patschte, schmierte sich voll. Satt wurde es, nachdem etliche Birnen vertilgt waren. Es dämmerte, als Maxi Mühe unter dem Birnbaum einschlummerte. Am Morgen, als er – mit nassen Höschen zwar, doch gutgelaunt – seinen Rutschgang durch Stinopel weiterführte, ging er an die Katzenschälchen. Vor Sepp Engelhubers Haus stand eines aus weißer Emaille. Halbvoll war es noch mit Milch, Semmel und Stücken von Bückling. Mäxi aß und aß, leckte sich danach die Lippen. Der Kater umstrich das Baby, und als der Hausherr nach dem ersten Hahnenschrei die Tür öffnete, jauchzte es ihm entgegen.

Die Magd Konstanze war keine Magd mehr. Seit die

Mölkesche zu Tode gerichtet war und ihre Fäden begraben auf dem Stinopeler Friedhof lagen, hielt sie allein den Haushalt. Sie tat es, indem sie nichts als ihr Recht forderte: No, komm, Sepp! Wo bleibst denn, Melchior? Do schau dir den Karl an, so klein der is, so Großes schafft der ran! Schärf dich, Herbert! No, komm, Sepp! – Und so ging das die ganze Woche hindurch. Und da jeder an ihr mitgetan hatte, war auch jeder verantwortlich für sie. Unter ihrer Haut dehnte sich heftig das Fleisch, sie blühte auf wie eine Pfingstrose. Ihr Kind, das ein Gesicht hatte wie alle, aß sich künftig bei seinen Vätern durch. Was es dort nicht bekam, nahm es sich von den Katzen. Solange der Herbst reichte, suchte es nachts unter den Bäumen.

Wieder wurde der Frieden um fünf Jahre älter. Mühsam hatte Mäxi laufen gelernt. Vielleicht war es sein Vater, der Barbier, gewesen, der ihn dazu gezwungen hatte: Du bist doch ein Mensch, Bub, beweg dich! – Der Bub tapste von Haus zu Haus, vom Sepp zum Melchior, vom Melchior zum Herbert, vom Herbert zum Karl und von dem aus zu allen anderen Erzeugern, die ihn liebgewonnen und abgaben, was sie erwirtschaftet hatten.

Mäxi Mühe war sieben Jahre alt, und es wuchs ihm noch immer kein Haar auf dem Kopf. Pausbäckig guckte er in die Welt. Er hatte spitze weiße Zähne und eine nach vorn stoßende Nase, sein Schädel jedoch blieb murmelglatt. Man steckte den Bub in die unverwüstlichen Ledernen, die den Hintern umschlossen, setzte ihm zum Schutze seines Hauptes ein Hütlein auf und ließ ihn so auf seinen Weg. Am späten Vormittag ließ Mäxi den Bus davonrollen. Der Schulbus brachte die Stinopeler Kinder nach Schmölz, wo sich die Schule befand. Mäxi aber ließ alles abfahren. Er hatte Hunger. Er wollte nicht nur zu den Pausen – er hatte die Kinder satt. So stillte er frühmorgens seinen Hunger im Dorf. Meistens bei Sepp Engelhuber, dessen Frau die vorzüglichsten Würschtl zu kochen imstande war. Danach ging er auf den Anger spielen. Nun war es so, daß er den anderen Kindern im Dorf ein Fremder blieb, oder ein Unliebsamer, wer weiß. Keiner mochte sich mit ihm abgeben, denn er war langsam und zischte so seltsam beim Sprechen. Immer saß er nur in der Sonne oder unter dem Birnbaum und schaute den anderen zu. Eines Tages jedoch, gerade als er seinen abendlichen Kostgang zum kleinen Karl unternehmen wollte, entdeckte er den Eingang zur Hölle.

Genau hinter dem Haselstrauch rechtsseits des Angers, dort wo ein satter Hügel nach oben steigt, genau an dieser Stelle stand Henry, der Höllenjunge. Es schien, als hätte er schon lange gewartet. Er war eine schlanke, drahtige Gestalt mit hellem brillantiertem Haar, das eine Tolle zierte. Henry winkte den Dorfknaben zu sich, zupfte an dessen Ausstattung und sagte: Teifi! – Mäxi schwitzte. Er sah den fremden Jungen, der sich ihm so freundlich näherte, wie ein Wunder: welche Schönheit ging von ihm aus, wie ein theophanisches Zeichen erschien er vor dem Bub. Er glänzte weit über den Anger, etwas silbern Klingendes war an ihm und ein Duft, der aus den fernen großen Städten kam. Auch konnte der Junge seine funkelnde Tolle nach oben werfen, mit einer Handbewegung, die Mäxi Mühe Schauder der Bewunderung über den Rücken jagten. DER wollte mit ihm spielen! DER wählte sich ihn, den Pummel von Stinopel, den unersättlichen Bastard, dem – als er Henry die Hand geben wollte – plötzlich die Kopfhaut zu jucken begann. Stolz wurde Mäxi. Das Leder krachte, es mußte einen Gott geben, der ihm diesen Teufel geschickt hatte! Der Höllenjunge sagte nur: Komm mit!, und schon stolperte Mäxi mit ihm. Ihm schwante eine Küche sonderster Güte. Seine ganze Seele hing sich an den diabolischen Gastgeber, der war soschönsoschön, daß sich Mäxi von nun an außerhalb von Stinopel sah. Henry führte ihn in sein Reich. Die Hölle befand sich abwärts hinterm Haselstrauch und roch ein bißchen nach Schwefel wie Konstanzes Haarwaschseife. Vor ihnen wölbte sich der Untergrund. Staunend tastet Mäxi über die glatten, gewichsten Böden. Überall waren Spiegel angebracht. Riesige hellerleuchtete Katakomben führten in alle Richtungen. Streng waren die Wände hochgezogen. Es blitzte und roch von Schritt zu Schritt seifiger. Mäxi glaubte nichts mehr. Ihm wurde plötzlich schrecklich zumute. Komm, wir wollen spielen, befahl Henry. Mäxi stürzte durch die Hölle. Das erste Mal in seinem Leben war er verwirrt. Solche Reinheit hatte er noch nie gesehen. Waren doch die Märchen seiner Väter, die grusliggrauen Geschichten seiner Mutter bergdörfisches Gewäsch gewesen! So sah die Hölle also aus, und gleich hinterm Haselstrauch von Stinopel begann sie! Der Höllenjunge zog seinen Kameraden mit. Hinter einer Säule aber stand das Bekannte: ein Kessel, rotkupfern, in dem etwas brodelte. Mäxi jauchzte, das kannte er, das gehörte zu seinem Bild, das machte ihn heiß. Er vermutete übelerregendes Getier, den klassischen Giftsud, Pech und Schwefel. Aber schon wieder kam die Enttäuschung. Henry rührte in der Seife. Durch sie kann man in die Zukunft schauen, erklärte er und schlug mit einem Stöckchen Blasen. Die Seife puffte und strömte heiß stinkendes Gas aus. Gehorsam hing Mäxi Mühe seinen Kopf über den Kessel. Henry sah bereits jahreweit: Da! Was ich sehe, du! Und hier! Straßen vom Himmel auf die Erde! – Mäxi glotzte und sah nichts als den Seifenbrei, der ihm die Augen verbrannte. Er begriff das Spiel nicht – nur Seife war da, die einzige Leere der Hölle, durch die er schon gegangen war. Keine Zukunft bot sich ihm, kein neues Bild – Mäxi schniefte traurig. Auch wurde es langsam kalt in der Hölle. Kein Teufel ließ sich sehen, kein Gehülf. Mäxi wollte in die Geschichten der Stinopeler zurück, in die Lügen seiner Erzeuger. Er ließ Luft durch die Nase fahren: Ich seh nix! Es ist alles leer, was ich seh. – Henry strich lachend über seine Tolle. – Mäxi quiekte getroffen. Es war doch soschönsoschön, ein Kamerad zu sein, und nun war er der Bub geblieben! Der Höllenjunge geleitete seinen Freund wieder zum Ausgang zurück. Sie gingen durch die langen sauberen Gänge. Die Lügen nahmen kein Ende. Plötzlich gab es ein Geräusch. Henry wurde käseblaß und zog Mäxi eilig voran. Was ist das, wollte dieser wissen. Er bat, langsamer zu gehen, er könne ohnehin nicht so schnell wegen seines Hungers. Henry zerrte ihn, riß ihn mit sich, aber dann sah es Mäxi doch: an den hintersten Katakomben der Hölle tobte ein alter Teufel. Dreckmähnig war er, in klebrigen Lumpen mit Pferdefuß und Giftzahn. Er stampfte über die Kacheln, ließ Auswurf und Kot in den Seifenkessel fallen, schimpfte und brüllte und trat seinen ganzen Schmutz breit. Weiter, weiter! forderte Henry seinen Gast auf zu gehen. Aber Mäxi juchzte innerlich vor Freude: das war es! So hatte es seine liebe Mutter erzählt, so hatte er seinen Vater Stinopel begriffen gehabt. Die alte gute Hölle – es gab sie, das stinkende forzende Böse entzog sich keiner neuen Macht. Mäxi stemmte sich saugfüßig gegen den Höllenboden und ließ sich nicht weiterziehen. Henry schrie in höchsten Tönen. Seine Locke blitzte. Er ließ Schmierseife über den Boden fließen. Mäxi verlor den Halt und driftete gegen die Wand. Der alte Teufel tobte weit hinten fort. Er röhrte grauselig durch die Hallen, forderte allen Dreck und Schlamm der Welt zusammen und begann schließlich zu tanzen. Obwohl Mäxi Mühe in der Seife lag und sich nicht halten konnte, sah er das Geschehen immer vergnügter. War es doch das, was er kannte, die ihm eingebleute Furcht erwies sich als Glück, an dem er festhielt. Henry griff zum Letzten. Er zog einen Hebel am Eingang der Hölle – und der Spuk verschwand. Ein scharfer Blitz hatte alles ausgelöscht, nur von der Ferne ratterte unsichtbar etwas weiter, ein Gerät oder eine Täuschung, wie sie in der Hölle ja möglich war. Der Untergrund glänzte nun wieder wie am Anfang, und der alte Teufel zappelte in einer Phiole, die Henry am Gürtel trug. Das kommt vor, erklärte der Höllenjunge und lächelte mit Zähnen, die aus Perlmutt waren. Mäxi verspürte seinen rasenden Hunger. Er sah an sich herab, an den glatten, kugeligen Beinen, am Leib, der einem Moloch gleichkam. Henry befahl: Komm wieder! – Hunger hab ich, gab Mäxi zu. Der Höllenjunge lachte, daß der alte Teufel in der Phiole abermals rasend wurde – Hunger! Hier wird doch der Hunger gemacht, Saubriezel, du! – Mäxi begann zu schlottern. Solche scharfen Töne kränkten ihn, er fing an, die Hölle und den schönen Spielkameraden zu verfluchen. Er wünschte den Teufel aus der Flasche, und mit ihm sehnte er sich zwei dicke Weißwürschtl herbei mit Mostrich und Semmel, Birnenkompott mit Nelken, Muskat und süßem Rahm. So bitter wurde diese Sehnsucht, daß Mäxi zu weinen begann. Henry sperrte die Hölle. Er strich die brillierte Tolle nach oben, baute sich vor dem Bub auf und riß ihm den Hut ab, daß der Gamsbart zitterte. Glatzköpfig fiel Mäxi vor dem Ausgang zusammen. Er rutschte vom Rücken her in sich, winkelte die Arme, knickte die Beine kniewärts nach außen. Nu hau ab, sagte Henry und öffnete die Pforte. Erleichtert erkannte Mäxi Mühe den Haselstrauch am Anger. Er kroch auf allen vieren zurück auf die Erde. Hinter ihm, das Unsichtbare, machte ein Geräusch wie schrapp schrapp oder schlapp schlapp. Mäxi konnte es nicht mehr orten. Er dachte an Milch und Birnen und weiche, angebräunte Äpfel. Der Hunger stieg groß vor ihm auf, immer größer und süßer und unstillbarer. Mäxi kroch derart geschwächt durch das Gras. Er robbte sich voran, scharrte mitunter an einer Borke seinen juckenden Schädel und fiel schließlich ermattet von den Knien auf den Bauch. Eine Weile sah Mäxi, verschwommen durch Tränen, die frischen Grashalme, Butterblumen und Alpenröschen. Er starrte die Ameisen und Käfer an. Sein Magen schurigelte, die Hölle verfolgte ihn. Er öffnete den Mund gerade, als eine graue, fettleibige Schnecke …

Wieder war Sepp Engelhuber der erste, der mit Stolz verkünden konnte: Seht, unser Mäxi wird ein Mann! – Eines Tages nämlich, als Mäxi Mühe gerade wieder bei Engelhubers in der Küche saß und seinen Gamsbarthut abgenommen hatte, um kein Haar von demselben im Gemüse zu finden, sah Sepp die Kopfhaut des Buben großporig und sprießend. Einen Millimeter lang war borstiges Haar geschossen, von mittlerer Bräune. Steif stand es und füllte den Schädel. Mäxi schlang Bohnen mit Rauchfleisch, Sepp gab eigenhändig Nachschlag. Die Bäuerin Engelhuber staunte und hob vorsichtig die Hand, um dem Jungen über den Schädel zu streichen.

Noch am Nachmittag hatte das ganze Dorf Stinopel Kunde davon, daß sein Sohn zu Haaren gekommen war. Als es Mäxi selbst erfuhr, ließ er eine Schüssel Pudding zu Boden fallen, schrie in höchster Not in den Spiegel, kreischte, daß sich die Haare spitz aufrichteten, und lief aus Engelhubers Haus davon. Tapsch tapsch rannte er die Dorfstraße entlang und preßte den Hut auf das Wunder seines Schädels. Von allen Seiten, hinter allen Zäunen starrten die Väter; ihre Frauen und sonstigen Kinder riefen und gratulierten auf fröhliche Weise. Mäxi duckte sich, machte einen Buckel und gelangte so, unangefochten, zu seiner Mutter Haus.

Es war gerade Herbert Abusch, der schneidige Barbier, der der Mutter Konstanze, die keine Magd mehr war, den Mund stopfte. Mehr! Mehr! verlangte sie und lag dabei schräg auf Küchenstuhl und Fußbank, und auf dem Herd paffte ein Gericht, das Herbert eigens herangeschafft hatte. Scharf würzte er alles, was er abgab; hatte ihn doch der Krieg gern genommen gehabt mit seinem Messer. Und der Barbier hatte ein Leben dort, das wußte man im Dorf Stinopel. Wenn es mal etwas heranzuziehen gab für die geheime Chronik, so verwies man auf ihn. Jetzt, im herrschenden Frieden, gab es wenig zu tun, das Ruhm versprach und bewahren half, was einst so groß über dem Land gestanden hatte: die klare Linie, die auch Stinopel Erweiterung brachte und jedem anderen Dorf, hinter dessen Haselstrauch die Hölle begann. Jetzt aber füllte Herbert Konstanze auf. Schöpfkellenweise forderte sie, und nebenher mußte auch noch der Keller bestückt werden, denn keiner Herrschaft traute sie mehr so recht. Der Frieden verlor in ihren Augen an Blut.

An der Haustür kratzte das Kind. Herbert warf den

Löffel zur Seite: Wer hier störe! – Dann trat der gehetzte Mäxi ein. Er tapste verstört an der Wand entlang, Mama rief er und Papa! Konstanze befahl Herbert, für den Buben zu sorgen, sie selbst müsse seinen Anblick erst mal verdauen – so verdreckt wie der war! Herbert beorderte ihn in die Wanne. Mit scharfem Ton nötigte er ihn, die Tracht abzulegen und, wie Gott oder Stinopel ihn schuf, ins Wasser zu gehen. Mäxi stieg ins warme Wasser: Weiß und voll war sein Leib. Nu nimm auch den Hut ab, forderte der Barbier, als er Lappen und Seife geholt hatte. Aber da kreischte Mäxi wiederum, pfiff in höchsten Tönen Not und hielt den Gamsbarthut mit nassen Händen fest. Aus der Küche gebot Konstanze Ruhe, und: sie sollten sich mit dem Gewasche beeilen, sie wolle mehr vom Herbert. Herbert sah sich gedrängt. Wütend begann er den Jungen zu rubbeln, der vor sich hin jammerte. Herbert Abuschs Wut steigerte sich noch mehr, als Mäxi ihm stehend seinen Arsch zur Reinigung bot: Du hast ja kein Pümmel nich, der is ja zurückgeblieben wie an Engerling! – Mäxi kreischte und kreischte. Er wußte nicht, was das sollte. Er hatte nie etwas an sich bemerkt, außer einen Hunger, nun schimpfte der eigene Vater ihn als einen Krüppel! Herbert wusch, spülte das Kind ab und verfrachtete es schließlich samt Hemd und Hut ins Bett. Danach war Konstanze wieder dran, seine unendbare Kundschaft.

Mäxi konnte nicht schlafen. Die frischgesprossenen Haare juckten, der Hunger klopfte auch schon wieder an. Mäxi nahm – es war dunkel – den Hut ab und kratzte sich ausgiebig. Als er sich selbst über den Kopf fuhr, hatte er den Eindruck, daß die Haare länger gewachsen, dicht und fest geworden waren. Im Nebenzimmer hörte er die Mutter und den Herbert. Herbert führte Krieg. So hatte er den Jungen einmal über das Spiel aufgeklärt. Mäxi vernahm das verbissene Kämpfen. Aber was war das, daß es ihn heute ärgerte? Er hatte nachts nie gut schlafen können, heute aber war er so munter wie den ganzen Tag nicht. Der Krieg im Nebenzimmer bestand aus mehreren Angriffen und Siegeszügen. Das wußte Mäxi, auch begriff er den Moment, da der Sturmführer Herbert die Mutter vollends erobert hatte. Heute stand Mäxi auf. Er hievte sich aus dem Bett und schlich leise zur Tür. Der Krieg war schon zu Ende, als er eintrat. Die Eltern schliefen bereits. So sah der Junge das zerwühlte Schlachtfeld, an dem er nicht teilnehmen durfte. Er trat bis an die Bettkante heran, an die Seite, wo Konstanze lag und schnaufte. Herbert schnarchte löwenartig. Die Mutter drehte sich im Schlafe ihm zu, legte ihm ihre große Hand auf den Rücken und entblößte selbst ungewollt ihr Hinterteil. Das war dem Jungen zuviel. Iiiih! rief er laut und stieß seinen Kopf gegen den Fleischmond. Konstanze fuhr auf, die Betten krachten ungeheuerlich. Es hat mich gestochen! brüllte Konstanze. Herbert donnerte ebenfalls los.

Inzwischen war vor dem Fenster Winter gekommen. Mäxi rollte sich auf dem Bettvorleger des Schlafzimmers zusammen und schlief ein. Er war durch nichts mehr aufzuwecken. Der Krieg im Schlafzimmer ging an ihm vorbei, in Stinopel herrschte weiterhin Frieden. Schnee fiel und machte die Berge kalt und deckte die Dächer. Das aber konnte Mäxi Mühe schon nicht mehr sehen.

Als Mäxi im Frühling die Augen aufschlug, lag er unter dem blühenden Birnbaum. Hemd und Jacke waren noch klamm, die Knie durch das Liegen steif geworden. Er rappelte sich hoch, schniefte – und sah in die Augen seiner Väter. Versammelt standen sie, vom Sepp Engelhuber angefangen bis hin zum kleinen Karl. Sepp war der erste, der es leugnete: Von mir is der nich. – Melchior Brandt, der sich zum stolzen Inhaber eines Raupenfahrbetriebes herausgemacht hatte, meinte: auch er wisse nicht, wie er zu dieser Verdächtigung gekommen wäre, zumal er ja ganz hinten angestanden hatte, damals, als … Karl, der inzwischen übers zwanzigste Jahr ging, stimmte in die Abrufe der Älteren ein – er mochte ohnehin nicht mehr ins Mölkesche Haus gehen, sagte er, als angehender Prokurist bei Reiseling & Brandt bräuchte er die Berechnung seiner Tätigkeiten, die den unersättlichen Verbrauch von körpereigener Ware von selbst verbieten. Einer nach dem anderen hielt sich heraus, sie schnürten ihre Ledernen fest oder richteten den Anzug. Herbert Abusch aber schlug ein: Daß der Teifi euch hole!!! – Dann fluchte er schneidig, hob kurzerhand den vielsamig gezeugten Sohn am Latz in die Höhe, hielt das Produkt dem versammelten Dorf hin und brüllte: Dos werd was! – Mäxi, noch schlafverklebt, zappelte sich zu Boden und rutschte davon. Richtung Haselstrauch ging es, weg von den Vätern, die so aufgebracht an ihm herumschrien. Er hatte schon wieder Angst, alle Haare sträubten sich auf seinem Kopf. Die Nase fing an zu tropfen. Mit der Angst kam der Hunger wieder – übermächtig wie der Stinopeler Chor. Der Barbier griff sich den Flüchtenden von hinten, riß ihn zurück und forderte: Du kommst zum Einsatz, Bub!

Im achtzehnten Jahr des Friedens überstand Mäxi Mühe die Musterung mit Hilfe des schneidigen Barbiers gerade zur Genüge. Er wurde eingezogen, und

Stinopel bereitete ihm den Abschied. Mutter Konstanze stand vor dem Mölkeschen Haus, heulte aus ihrem tonnigen Busen; während ihre Männer an den Zäunen lehnten und, gemäß des Ereignisses, heiter winkten. Herbert Abusch, der diesen Wunsch nach einem brauchbaren Sohn so offenkundig gemacht hatte, befahl dem Kompaniechef des Armeekorps eigenstimmig, besondere Härte seinem Bub zukommen zu lassen; dieser nämlich hätte sich in den letzten Jahren mehr Schmarriges als Männliches zugelegt – allein, man sollte sich bloß mal seinen Pümmel betrachten! Der Kompaniechef machte Mäxi also von einer Stunde zur anderen feldgrau und verschloß die Ledernen fest im Spind. Mäxi Mühe stand, die kleinen krummen Arme prall im Stoff, er stand in der Reihe, zog die Nase hoch und fühlte bei der ersten Kehrtwendung schon Schmerzen im Rücken, die zum Kopf hinzogen. Er scherte aus, noch bevor er das Linkszwei einmal beherrschte. Er stolperte im Feld, umkroch die Eskaladierwand, robbte immer auf die Kaserne zu. Wie mit Gummibändern zog es ihn dorthin, wo mittags im Casino Essen wartete, ein gutes soldatisches Mahl. Er dachte, während er so zwischen den Stürmenden kroch, an Stinopel zurück. Er ließ all seine Gedanken um den Birnbaum kreisen und um das Bett der Mutter, vor dem er im Winter eingeschlafen war. Wusch sich der Soldat abends nackt mit den Kameraden im Duschraum, seifte er tüchtig. Es trieb ihn etwas Höllisches in den nächsten Tag, ein süchtiges Verlangen, durch die Seife Kommendes zu sehen, und seis sein Ende. Man stellte Mäxi Mühe täglich vor die Kompanie, befahl ihm, den Eid zu sprechen, und pochte auf Sonderübungen und Extraration. Letzteres nahm er dankbar an, konnte er doch kaum den Nachtinsekten in der Stube widerstehen, die, wenn die anderen Soldaten schliefen, nah und gemein ihn umkreisten.

Eines Tages kam Mäxi Mühe an den Sumpf. Der Kompaniechef, der Blödheiten des schmarrigen Soldaten genug, beorderte ihn zur Wache, gab den Befehl: drei Nächte hintereinander, der Feind kommt, wenn er kommt, von allen Seiten …! Der Sumpf schwirrte.

Mäxi Mühe stand, die rechte Hand auf das Gewehr gestützt, und starrte auf die morastige Fläche. Schwül war es, und die Kopfhaare juckten werweißwie. Mäxi nahm seinen Helm ab und zieferte. Er mochte jedoch das Wachestehen mehr als alles andere, von dem er nicht wußte, wer ihn eigentlich und warum dahingestoßen hatte. Er stand am Sumpf mit offenen Augen und wachte. Dann sah er das Bein. Plötzlich wuchs es aus dem Himmel herab. Es war ganz purpurviolett und netzseiden. Es berührte mit der Fußspitze den Sumpf und glimmerte. Es war ein Frauenbein. Der Soldat richtete sich auf, das Gewehr fiel um und pfatschte in den Morast. So ein Bein! Mäxi Mühe ging an dem Wahnsinn hoch, denn es war Wahnsinn, den er noch nie erlebt hatte. Er griff sich das Netz mit seinen kleinen gebeugten Fingern, streifte sich daran nach oben, bis in den Himmel der Liebe hinein. Er griff und griff und hangelte sich, die Nacht war lila und groß, das Bein zog ihn mit, das Netz riß und ließ das Irre frei. Am nächsten Morgen fand man Mäxi auf den Holzstrünken selig und unwachsam. Der Kompaniechef kochte vor Wut und befahl dem Soldaten äußerste Disziplin unter Androhung härtester militärischer Strafen. Mäxi stand am Sumpf. Nacht um Nacht. Immer, wenn er sich auf das Gewehr stützte, erschien ihm das Bein. Er liebte es, er ging nächtlich im Wahnsinn unter. Der Sumpf schwirrte und schwirrte. Eines Nachts bewegte sich etwas im Morast. Es war die Nacht, in der kein Bein erschienen war und Mäxi lieblos harrte. Der Feind mußte im Anzug sein, kühl kam ein Wind auf. Im Morast stak ein Wesen. Das war es. Wie ein abgestürzter Falter zappelte es im Mulm, grau und lebenswillig. Mäxi, wie er es gelernt hatte, riß das Gewehr hoch und zielte. Aber dann sah er nichts mehr. Das Wesen zuckte. Der Soldat legte das Gewehr beiseite und ging vor und zog das Wesen aus dem Sumpf. Da stand es auf dem Trockenen, schlammbedeckt und schwarz – nur auf seinem Kopf flimmerte etwas, eine Locke oder ein kleines Stück hellen Wahnsinns. Henry, flüsterte Mäxi Mühe, und seine ängstliche Bewunderung für den einstigen Spielgefährten war plötzlich wieder da. Das Wesen jedoch schüttelte sich taub. Es konnte ein freundliches oder ein feindliches sein – Soldat Mühe wußte es nicht genau. Er hielt es gerettet. Er war ein Soldat ohne Verstand.

Am nächsten Morgen gab es den Sumpf nicht mehr. Irgend etwas mußte ihn gefressen haben mit einem großen Eisenmaul, ein Wesen oder eine Maschine. Der Feind hatte ihn trockengelegt oder versinken lassen, ratata ratata glaubte man gehört zu haben. Unter den Kopfkissen schärften sich die Spaten, zerknüllten sich die Taschentücher.

Mäxi Mühe überstand die Strafkompanie nicht. Er trat aus der Reihe vor, legte sich nieder, rollte sich ein. Er brachte die Nähte seiner Uniform zum Platzen, es sträubte sich ihm das Haar. Der Kompaniechef verwies ihn als unmilitärisch zurück ins Heimatdorf. Mäxi sah nie wieder das Bein, seine schöne purpurviolette Liebe am Sumpf. Er hatte etwas am Leben gehalten, das er nicht kannte. Stinopel kreischte vor Lachen, als Mäxi Mühe zurückkam. Es hagelte Schläge, obwohl ihm auch Knödel aufgetischt wurden. Die Frauen nahmen sich seiner an, allen voran Konstanze, die Mutter. Sie brach sogar den Keller an, um ihrem Sohn vom Besten zu geben. So nach und nach wurden die Väter ruhiger. Nur Herbert Abusch rückte ihm mit der Klinge zu Halse: Mein Bub bist nich! – Mäxi schniefte im Schoß der Mutter. Er hatte alles alles wieder, das man ihm hatte austreiben wollen. Er badete immer versteckt und aß die weichen dicken Birnen unterm Baum. Er liebte die Schnecken und Nachtmotten und bummelte in den Tag hinein. Auch krachte abermals das Leder in Stinopel, der Ausflug ins Harte war mißglückt gewesen. Mäxi sah seine Väter alt werden und das Land sich aufschwingen zu Wohlstand und sauberem Himmel. Kein Mond lag seitlich scharf, der Frieden herrschte ohne Unterlaß, er herrschte in Schmölz und Schierschnitz, über Staffelstein bis hinter jeden letzten Haselstrauch. Mitunter war es Mäxi Mühe, als schrappe es leise hinter dem Stinopeler Anger im Gras, blechern ein kleines gefräßiges Spielzeug, aber es täuschte ihn, weil doch wirklich nichts in der Luft lag. Stinopel blühte. Die Väter bekamen graue Haare. Der kleine Karl wurde groß und in allem gelehrt. Dem Barbier verstumpften die Messer. Melchior Brandt zog den Raupenfahrzeugen neue Ketten auf und asphaltierte die Straßen von Schmölz nach Schierschnitz. Fünfzig Mitarbeiter beschäftigte er und rechnete unter dem Tisch an seiner Rente. Sepp Engelhuber war der erste, den Konstanze nicht mehr in sich ließ, weil er saftlos nur noch neben ihr lag und seine dargebotenen Speisen sich auf Gemüse beschränkten. Konstanze blieb maßlos. Sie plünderte mehrmals in der

Woche ihren eigenen Keller; raunzte ihren Sohn an, da er – ebenfalls maßlos geraten – nur Müßiggang trieb, und beschwor nächtens aus Langeweile heraus den blutleeren Geist der verstorbenen Mölkeschen Herrin.

Hinter dem Haselstrauch, wo die Hölle begann, liefen eines Tages die jungen Weiber. Sie hatten einen Ausflug unternommen und spritzten nun, zum Abschluß des Tages, umher, machten Picknick im Gras und ergründeten ihre Gelüste. Mäxi sah sie. Er hockte an seinem Lieblingsort, hinter dem Oleanderbusch, drei Meter vom Hasel entfernt und kaute an gefundenen Birnen und Zwetschgen. Er sah die Mädchen, als wären sie vom Himmel gewachsen und purpurviolett wahnsinnig. So erschrocken war Mäxi, daß er plötzlich ein seltsames Dtsch! ausstoßen und sich zurückziehen mußte. Langsam kroch er drei Schritt nach hinten, stand danach auf und tapste schnell durchs Gras, fort bis unter den Birnbaum, wo er schnaufend niederplumpste, und sein Herz ging wie ein Kolben. Hier ruhte er vom Wahnsinn aus, der ihm abermals und mit solcher Macht begegnet war. Er schlief ein wenig – auch weil es schon auf den Herbst zuging – und rappelte sich nach oben. Dtsch! Dann kam die Invasion. Aus allen Sträuchern liefen die Stinopeler Mädchen auf ihn zu. Sie hatten das Picknick beendet und das Gras ergründet. Nun rückten sie auf Mäxi, kicherten und hoben die Röcke. Alles sah Mäxi purpurviolett, alles drehte sich vor seinen Augen, netzseiden war Stinopel geworden, ein Sumpf, ein einziges Glück. Erst am späten Abend ließen die Mädchen von ihm, sie hatten auf die Ledernen geklatscht und ihn auf den Rücken gerollt und gestriezt.

Der kleine große Karl wars, der seinen Sohn ins Mölkesche Haus schleifte und ihm Guten Appetit wünschte, während er derart lachte, daß es das ganze Dorf Stinopel ein Stück nach oben hob. Konstanze faßte gemeinsam mit Karl und Herbert Abusch, dem Schneidigen, einen Entschluß: Alt genug is der Bub, der Pümmel braucht Arbeit! – Sie dressierten Mäxis Haar zu steifstehender Frisur, legten ihm ein weißes Hemd an, mühten sich jedoch vergebens, die Ledernen abzustreifen. Schließlich schickten sie ihren Sohn die Dorfstraße entlang. Er trabte ab, schlurfte über den Asphalt vorbei am Brandtschen Fuhrbetrieb; am Barbierladen seines schärfsten Vaters; am großen Haus des kleinen Karl; an all den Häusern seiner anderen Väter. Aus all diesen Häusern schauten die Mädchen hervor, halb-schwesterlich, belustigt, wohl auch mit Lüsternheit. Hatte Mäxi Mühe doch etwas Süßes an sich, eine Fülle im Leben stehenden Fleisches unterm Leder! Auch sein Gesicht, das aller Welt glich und an dem nicht auszumachen war, welche Eigenschaften dem jungen Manne wirklich eigen gewesen wären – auch dieses Gesicht machte mit seinen kleinen kreisrunden Augen Wirkung auf die Mädchen. Hinter den Gartenzäunen stierten sie. Mäxi lief durch die zärtlichen Messer und spöttischen Hellebarden. Es trieb ihn dumpf voran. Hinter ihm knaatschte die Mutter, angestochen vom Herbert. Alle hatten sie genug von Mäxi Mühe. Er war die Aule des Dorfes; die Knuddel, unterm Birnbaum gezeugt, als der Frieden ausgebrochen war und die Macht ergriffen hatte.

Als Mäxi müde wurde, blieb er einfach vor einem beliebigen Häuschen am Berghang stehen. Er setzte sich auf dessen Stufen nieder und öffnete den obersten Knopf seines Latzes, auf daß ihm das Keuchen verginge. So wählte er seine Braut: 's Gretel. Das erstbeste Mädchen, das einfach unterm Tamarisker lag und nicht wußte, was ihm geschah. Mäxi tatzte es, obwohl es ihm nicht lila wahnsinnig kam, eher fremd, mit einem Geruch nach Zimt. Es mußte sein, er wollte die Straße nicht weiterlaufen, er hatte genug vom Angepfuitwerden, er war im rechten Alter. Noch am Nachmittag nahm er 's Gretel mit in die Mölkesche Heimstatt. Es ließ sich nehmen, indem es die Augen nach oben kehrte und – so deuteten es die anderen – entrückte. Es wurde Hochzeit gefeiert, schnell und ohne Umstände. Die Stinopeler ließen sich vollaufen: sie hatten ihren Sohn unter der Haube. 's Gretel tanzte im nächtlichen Sternenmantel auf dem Tisch. Vollblütig war es, aber ein trauriges Kalb, das seltsame Träume durch das Dorf schickte. Diesen feinen nebeligen Irrsinn kannte man von ihr: Demnach paßte sie zu Mäxi Mühe. Es wurde dem göttlichen Zufall zugeschrieben, daß es sie zueinander gebracht hatte.

Zur Hochzeitsnacht räumte Konstanze gezwungenermaßen eine Kammer aus. Sie, die sich nunmehr nur noch durch reichliches Geld ernähren ließ, kehrte in dieser Nacht ihre mütterliche Verpflichtung heraus – neidlos, weil betrunken – und beorderte das Brautpaar zur pflichtgemäßen Arbeit. Mäxi Mühe fiel ins Bett und schlief sofort ein. Sekunden vorher aber war ihm noch dieser böse fremde Mond wiedergekehrt, halbseiden und schräg in der Nacht. Durch die Finsternis trieselte das Laub des Jahres. 's Gretel lag wach. Lange, lange wach. Sie stieß den Gatten an. Der schniefte … Und als die letzten Gäste vertorkelt waren, beschloß sie, vorerst ihrem leiblichen Traum gerecht zu werden, und stieg aus den Federn.

Es öffnete sich die Erde, und Henry ließ sie ein. Er zog ihr das Nachthemd vom Leib, bestrich sie von Hals bis

Zeh mit feiner hellblauer Seife und fuhr mit süßem Höllenfeuer in sie. Er war noch immer jung und verspielt, nur daß er die Tolle getauscht hatte gegen längeres, auf die Schulter fallendes Haar. 's Gretel erfüllte sich ihre Träume, ohne daß sie wußte, wo sie sich befand. Henry hielt sie unwissend und in ihrer irdischen Lust. Die alten Gesellen waren vermauert, die Bilder gedreht. Wo bin ich, fragte 's Gretel, als ihr genug wurde. Hier, der Höllenjunge beugte den Kopf des Mädchens über den Seifenkessel – sie guckte und guckte, bis sie ganz und gar stiwiede und die Antwort auf ihre Frage dem Kesselgrund entgegentrudelte.

Auch die Stinopeler wußten nicht, wo sie sich befanden. Den Bewohnern des Dorfes genügte der Name, der es bezeichnete. Nur manchmal, wenn die Sonne ungünstig stand oder wenn der Wind über den Anger lief, als wollte er etwas von ihnen, sahen sich die Stinopeler ihre vertrauten Spaten holen und buddeln. Flink taten sie ein paar Stiche in irgendeiner Gegend oder gruben sich etwas beiseite oder –. Keiner sah je einen anderen. Es könnte auch ein Verdacht gewesen sein, der fremd aufkam in manchem. Das Dorf war, wie es war, unterschiedslos und friedlich.

Henry fing 's Gretel von nun an nächtlich ab. Er gab sich großmütig wie ein Prinz, hielt sich schwefelfrei und närrisch. Das liebte sie. Immer taten sie ihres gleich an der Pforte. Weiter hinten lärmte die Hölle ungewohnt, krachte und knackte und dehnte sich. Nächtlich holte sich 's Gretel das teuflische Vergnügen. Am Tag aber nannte sie sich Else.

Ich bin nicht 's Gretel, ich bin die Else! sagte sie nach drei Tagen zu ihrem Manne, der mit Mühe seine kreisrunden Äuglein aufriß. Deppert isses Gretel, das wußten die Stinopeler schon. Nun wuchs es aus zur Idiotie. Die Begegnung mit dem Höllenjungen machte das Mädchen aufsässig. Einmal kam es vor, daß 's Gretel in der Kammer auf dem Teppich saß und abhob. Ein paar Zentimeter über den Erdboden. Geladen hatte sie zu dieser Schau drei ihrer Schwiegerväter, die gerade der unersättlichen Konstanze Nachschub gegeben hatten. Sepp Engelhubers Greisenbaß dröhnte empört, daß der Teppich wieder zu Boden fiel. Warum machst du das! – Weil ich die Else bin, gab 's Gretel zurück. I wüll nich mehr 's Gretel sein, I bünn nich von hier! – Zähm sie! forderte Herbert Abusch seinen Sohn auf, und die anderen Väter nickten beipflichtend. Mäxi Mühe jedoch fühlte den Winter kommen. Dtsch. Er war müde und saß, die Augen halbgeschlossen, auf dem Sofa. Er hielt die Arme verschränkt und wollte weder 's Gretel noch Else. Er schlief ein, als seiner Braut die orientalischen Träume kamen. Von November bis zum Frühling trug sie diese aus – weit entfernt von ihrem Schlafzimmer im Mölkeschen Haus. Denn dort hielt sie Konstanze knapp. Die Mutter, welche ewig gefüllt werden wollte, sah sich plötzlich durch das Auftauchen des anderen Weibes in ihrer Chance bei den Sattmachern endgültig beraubt. Zwar kamen diese weiterhin pflichtbedacht, gaben Nahrung und mitunter anderes ab, aber forthin lugten sie unverstellt zur Kammer, worin es ein junges Ding geben sollte, das nicht vom Manne gehörig bedacht wurde. Aber Konstanze wußte jene Blicke zu wenden. Sie forderte Entschädigung für den nutzlosen Balg, den man vor zwanzig Jahren hineingestoßen hatte.

Bevor der November dem Ende zuging, zwang sich der jungvermählte Mäxi noch einmal zum Wachsein. 's Gretel saß im Bett, die Decke weit über die Knie gezogen. Ehe sie wie üblich ihren Weg hinter den Haselstrauch nahm, ließ sie die Träume in der Mölkeschen Kammer. Sie kamen in Thebischer Musik durch das schmale Kippfenster. Der fremde böse Mond, der klein und golden greifbar wurde, legte sich zwischen die Kissen – Mäxi gaukste – 's Gretel, das die Else war, hob ihre Hand und ließ blanke Tropfen daran herabrollen, Tropfen Nil waren es, die wie Sterne an ihr entstanden. Mäxi rollte sich zusammen. Plötzlich hob sich eine Kuppel über ihm, die Musik wurde inniger und fremder. Bagdad, flüsterte die Frau neben ihm. Dtsch! Mäxi sträubte sich, biß ins Kissen. Grausam war das Weib, verleiert, krachidiotisch, wie das die Stinopeler schon gesagt hatten. Er, Mäxi Mühe, war dem Feindlichen aufgesessen! 's Gretel, die Else, träumt Nächte hindurch. Manchmal erschien auch die große Hand des Kalifs, welche zärtlich über ihr Haar streifte. Der Nil floß, warm war es und verwirrend. Da tatzte Mäxi zu. Er schlug mit den kleinen Händen nach der Braut. Seine Nägel raffelten Bett und Wände auf, und er stach zu. Er metzelte die Träume. So wurde es Winter.

Als Sepp Engelhuber im Frühjahr als erster die Kammer neben Konstanzes Zimmer aufbrach, fand er Mäxi Mühe eben erwacht neben dem Gräßlichsten, das er bislang in seinem Leben gesehen hatte. Selbst als der Frieden noch weit von Stinopel war, konnte sich Sepp an nichts ähnliches erinnern: 's Gretel lag ertrunken. Mäxi hatte den zärtlichen Nildamm gebrochen. Einzig Herbert Abusch stand abseits und wußte, daß die scharfen Finger des jungen Mannes aus seinem Samen gewachsen waren. Die anderen Väter trieben Mäxi Mühe aus dem Bett. Schreiend standen hinter den Zäunen Frauen und Mädchen. Mäxi rannte davon. Auf den Anger lief er, wo er unterm Birnbaum niederplumpste und seine kreisrunden Augen einen Nil voller Tränen entließen. Stinopel fluchte er weit von sich – immer hatten seine Väter etwas vor ihm zu verbergen gehabt. Das begriff er jetzt. Immer war er ausgeschlossen gewesen, wenn es um heimische Unterkunft ging, um Rettung des Lebens. Nur Henry, der Höllenjunge, hatte sich ihn gewünscht gehabt als Gefährten. Das war lange her. Mäxi hatte nicht aus der Seife lesen können. Diese Hölle war nicht sein Märchen gewesen. So saß er, gezwängt in die unverwüstlich Ledernen, unter seiner Zeugungsstätte verlassen.

Mäxi Mühe war der erste, der es knacken hörte. Der Birnbaum wankte. Die Erde um ihn herum bekam Risse. Büsche wurden mittendurch gefetzt. Der Anger rutschte zusammen, und der Mond senste. Mäxi Mühe machte sich auf seine letzte Flucht. Als er zum Haselstrauch gelangte, fand er denselben begraben. An seiner Stelle war ein Loch. Ringsherum ging furchtbar das Gras, schrapp! machte es. Henry kam hinter dem ersten Berg hervor und fraß sich voran. Schrapp! Schrapp! Das Dorf braucht Energie. Mäxi hört seinen Freund rufen. Aber er konnte ihn nicht sehen. Er war die Zukunft. Was er mitnehmen wollte, hielt er am Leben. Schrapp! Schrapp! Schrapp! Die Hölle erweiterte sich. Die Erde gab Kohle frei, Erdöl, Gold und Aktien für das wohlständige Dorf Stinopel ... Dtsch! ... Alles brach auf, Henry öffnete den Asphalt von Schmölz nach Schierschnitz, es ging voran, der Brandtsche Fuhrbetrieb wurde glattgewalzt, der Friseur hatte keine Chance mehr, Karl verlor seinen Posten, und Sepp Engelhuber landete in den Brennesseln ... Mäxi hockte auf einer Erdscholle und begab sich in Ohnmacht. Sein Sumpf war schon lange gefressen, sein netzseidenes Herz. Er ließ sich umschrappen, trudelte, ein erledigter Maulwurf, voran. Das Glück war nun bei ihm: die Zähne des Höllenjungen bekamen ihn nicht zu fassen, die Hölle hatte nur seine Liebe genommen, nicht seine Gestalt, nicht das Unverwüstliche. Auf und nieder ging es. Erdhalden und Restlöcher entstanden, Gruben, Stollen und Bohrgräben. Schrapp und schrapp und schrapp. Alles erweiterte sich. Die Brennesseln, das letzte jeglicher Suppengemüse, brannten endgültig aus. Sepp Engelhuber war der erste, der ächzend über den Zaun setzte und davonstob und wußte wohin. Henry steuerte sich. Der Wohlstand brach aus im Dorf Stinopel, daß es krachte. Und der Frieden herrschte über den Menschen, welche nun ihre Häuser verließen, einigen blöden Hausrat unter den Armen, Kaffeesieb und automatische Eieruhr, Shampooflaschen und Kaugummi – der Frieden trieb sie voran, sie hetzten, schleppten und schauten sich nicht nacheinander um. Sie liefen dorthin, wo sie etwas versteckt hielten, zum Geheimnis des Kopfkissens, zum Fleckchen Wochenende. Sie liefen und Henry schrappte sich voran.

Auf und nieder. Leute, Isch kann fliegen! schrie Mäxi Mühe außer sich. Er ließ sich von seiner Scholle heben, bis halb in den Himmel hinein und zurück in die tiefste Grube. Das machte Spaß wie nie etwas in seinem Leben vorher. Er liebte Henry, der ihn aus allem heraushielt. Auf und nieder, Isch kann fliegen! rief er auch seiner Mutter Konstanze zu, die sich auf der Flucht dem kleinen Karl angeschlossen hatte, der so groß geworden war, daß er sich seiner letzten Pflicht als einziger der Väter zu erinnern wußte: die Unersättliche, das energiefressende Ungetüm mußte mit! Er schleifte sie über die sich öffnende Erde, mehr! mehr! stöhnte sie, machte sich dick und unbeweglich, wollte diesen irren aufmunternden Weg verlängern – allein, sie war es, die nicht wußte, wohin.

Mäxi trudelte selig auf der Oberfläche der ausbrechenden Hölle. Stinopel lag unter ihm. Die großen hellen Häuser seiner Väter waren gebrochen, die Merceden zerdrückt. Gärten und Keller gaben Kohle frei. Höllische Leitungen zapften Öl. Die Börsen funkten Einsatz. Die Zukunft blühte und roch wie süße, überreife Birne. Am Abend dieses historischen Tages brachte sich Henry zum Stehen. Etwas lag da im Wege, das er nicht schrappen konnte: Ein erzhartes Gebilde von grauem, ebenmäßigem Bau: ein kleines, in die Erde eingelassenes Gebäudlein. Dtsch! Mäxi grinste spitzzähnig. Henry stellte sich menschlich, leuchtend und duftend nach Haarwäsche. Er lief leicht über die Erde, und noch bevor er mit einem Fingerschnips die meterdicke Bleibetontür des Gebäudleins öffnete, sah er, um einige hundert Meter versetzt, ein nächstes ähnlicher Gestalt. Und noch eines und noch. Die Stinopeler aber waren zu spät. Sie hatten das Ziel ihrer Arbeit nicht erreichen können oder den Weg verfehlt oder ein letztes wichtiges Stück vom Hausrat vergessen. Henry öffnete die Tür und fand den Raum leer. Nur ein Geruch schlug ihm entgegen, der der alten märchenhaften Hölle gleichen mußte: Im Raum befand sich neben einem großen Lager Konserven und Flaschen nur ein Häufchen trockenen Kotes. Dieses roch so scharf, daß es nur einem Manne aus dem Dorf gehören konnte. Auch die anderen, mit aller Raffinesse verschlossenen Gebäudlein, die Henry fand, bargen derartige Zeichen in sich. Das Eigentum war gesichert, keiner hatte des anderen Ort gewußt, alle standen sie gut entfernt zueinander. Eingerichtet für das Chaos, das ihnen zuvorgekommen war.

So machten die Stinopeler Geschichte. Mäxi Mühe war ihr Überlebender. Als Henry das neue Fundament bis an die Wald- und Berggrenze ausgehoben hatte, fühlte sich Mäxi satt zufrieden. Freilich waren seine Ledernen speckig geworden, jedoch er sah sich erstmals als ein ungebändigter Mann. Die Scholle war in halber Höhe zur Ruhe gekommen. Freundlich wurde es. Der Mond glänzte landläufig fett. Mäxi erblickte die Schnecke am Himmel und schluckte. Nichts Fremdes mehr neben ihm, kein Schmarren. Er pfiff ein Lied durch die Zähne und dachte an den Winter.

Achter Bahnfahrt

Gib mir das Messer zurück, Bernita.

Hast du noch einen Wunsch? Kannst du nicht aufhören, dich endlos außerhalb unserer vollendeten Bewegung zu fordern? Steig mir nicht hinterher. Jetzt habe ich wieder Sinn für das Gleichgewicht und die ewig ausfallosen Straßen des Landes. Gib mir das Messer zurück, Bernita! Warum denn war es bei dir gewesen, im kleinen Futteral deiner Angst? Dirzuliebe laß ich nichts zu, dirzuliebe gebrauche ich es. Nun, da wir morgens schon unsere Finger in die Ohren stecken und den Kopf schütteln bis zum Abend, um das Drehend-Drehende endlich zum Stillstand zu bringen, nun ist es Zeit für mich, mir mein Vorrecht zu nehmen.

Ich besitze das Messer, und die Wände stehen gerade, und ich laufe wie vor jener Zeit. Siehst du mich? Erkennst du alles wieder?

Wir sind im gelben Wagen geboren worden.

Wir konnten uns, als wir uns daran erinnern wollten, an nichts mehr erinnern. Unsere erste Erinnerung war, daß ein Wind die Wangen streifte. Man hatte die Kette vorgelegt, sie beidseits mit Karabinerhaken befestigt und zusätzlich den stählernen Riegel zwischengeschoben. Nebeneinander saßen wir, die wir uns flüchtig begegnen in einer Kantine, in dem Vergnügen, zufällig jenen zu finden, der mit dir den irren Traum eines Ausfluges teilt. Wir befanden uns, bevor wir uns also recht erinnern konnten, auf dem glatten harten Polster des Wagens, vor unseren Leibern die Haltestange aus Metall. Am Anfang hockten wir steif nebeneinander. Jeder träumte seine Ankunft. Wir kannten uns nicht. Wir waren verfrachtet worden.

So erklärten wir uns bei der ersten Kurve die Bestückkung – es ging fort mit uns, wir hatten den Wunsch lautstark gemacht. Wir waren aus Wänden gekommen, aus den alten nassen, in denen man friert; aus den leichten, in denen man immerfort Durst spürt. Flüchtig waren wir im Glauben gewesen: geeignet für alles, du und ich – Traum hatte uns besetzt.

In der Kurve legte es uns seitlich, die Straßen trieben aus und gaben schon nach dem ersten Meter unserem Wunsch nach. Du rutschtest, von der Fliehkraft getrieben, an meine Seite. Wir lagen schräg. Was lag vor uns. Wir hatten den Traum eines weiten Weges. Mehr nicht, und das war alles gewesen an möglichem Unmaß. Die Fahrt ging schneller. Linkskurve, Rechtskurve, es warf mich gegen dich, ärger noch, als du mir eben nahe gekommen warst. Ich hörte dein leises Bernita! Bernita! und wußte nicht einmal deinen Namen. Die Fahrt ging schneller, die plötzlich rasende Bewegung schleuderte uns linksrechtslinksrechts zueinander. Die Biegungen wechselten windseilig. Wir hatten keine Zeit, unsere Nähe zu fühlen. Dann zog es den Wagen nach oben. Der brausende Luftzug um unsere Ohren ließ nach, das Kettengetriebe der Räder knirschte und leistete volle Arbeit. Wir bekamen gelbe Gesichter im gelben Wagen und hatten den Traum voll im Mund.

Fort waren die Wände, die gerade getüftelten Straßen, die uns nicht zugelassen hatten – unseren kindisch-albernen Traum drängte man in die Erfüllung

Da zogst du das Messer, im Moment, als wir den fürchterlichen Sturzflug begannen, eine Drittelsekunde im freien Fall uns befanden, die Luft krachte, und die Räder sprangen aus den Straßen oder Schienen oder Luftseilen. Wir trieben mit dem Rücken von der Wagenlehne. Es hob uns aus den Polstern, dein Messer stieß zu: die Träume in unser Inneres zurück. Du hattest gefürchtet, sie könnten sich nicht halten, würden herausfallen aus dieser Höhe.

Im Tal angekommen, gelangte unser Wagen sofort durch eigenen Antrieb wieder nach oben, die Rücken preßten sich fest gegen die Lehne, wir hatten für Sekunden Ruhe, obgleich wir in einem Winkel aufwärts fuhren, der uns die Sinne trübte. Während dieses Aufstiegs konnten wir endlich die schöne Aussicht unserer Gemeinsamkeit wahrhaben. Dein Messer war fleckig geworden, es lag zwischen uns, es hatte die Träume verletzt. Die ersten Wünsche verloren sich in der so gewählten Flucht. Nur festhalten wollten wir uns nicht, beieinanderbleiben im Auf und Ab unseres vermeintlichen Endes. Nichts war abzuschalten hoch auf dem gelben Wagen. Wir legten uns abermals in die Kurven, steiler wurden sie von Sekunde zu Sekunde, wir hielten alles im letztmöglichen Grad der Wahrscheinlichkeit – Absturz – dieser erlösende Gedanke, dem wir mit Trägheit nachgaben, wie unsere Körper der Lage des Gefährtes. Einmal, als eine kurze Gerade die Richtung angab, ließen wir die Haltestange los, um uns aneinanderzuklammern. Das Messer dazwischen, das die Träume zu metzeln begann. Wir waren allein. Es war uns keiner gefolgt. Wir kannten uns eine Ewigkeit, seit der Geburt, die unser Privileg war. Wir kannten unsere Gesichter, die gelben, wir kannten uns aus der Fliehkraft heraus. Dann begannen wir, gegen die Trägheit anzugehen, gegen unsere Leiber, die jene rasenden Bewegungen nicht mitzumachen wünschten. Wir wollten ganz auf die Fahrt eingestellt sein, der wir uns nicht erwehren konnten. Nun war auch das Messer zur Hand. Es säbelte Traum um Traum.

Bis es keinen Traum mehr gab.

Wir liebten uns, wir gehörten zueinander. Wir vermochten uns nicht zu belügen. Keiner kam mehr vom anderen los. Wir waren verkettet. Wir gelangten wieder zur ersten Kurve und fuhren eine zweite Runde, es war die Hölle. Und dann eine dritte. Und dann ließ die Angst nach. Wir hielten die Augen geschlossen, zählten die Biegungen, Berge und Täler, die Schlingen und Loopings. Wir paßten uns den Kurven an, waren taub geworden für das Rattern der Räder, für die fauchende Luft und die eigenen Schreie.

Wir fuhren Runde um Runde. Das war unser Wunsch nach Bewegung. Ich nahm dir das Messer weg, als es uns wohl zum sechstenmal beim Aufstieg hart nach hinten drückte. Das Unmaß meines Traumes Bewegung fiel mit dem Unmaß an Dankbarkeit zusammen. Ich mochte nur Freude zeigen, jenen Leuten, die mir die Wünsche aus dem Gesicht gelesen und mich dergestalt zu ihrer Fracht gemacht hatten. Die wünsche aus meinem vor Übelkeit gefleckten Gesicht. So nahm ich dir das Messer weg, steckte es, ein Fieberthermometer, in meine Achselhöhle – einen Ort der Intimzone, der dich zu nähern du nie imstande gewesen warst. Wir waren traumlos geworden. Ich sah alles ein. Wir wollten nicht zurück.

Plötzlich nahm die Fahrt ein Ende. Der Wagen rollte aus, wurde abgebremst. Wir hatten das Mögliche erfahren.

Wir waren nicht mehr imstande zu laufen. Nun, nur auf Eigenbewegung gestellt, schwindelte uns, drehten sich die Straßen Wände Mauern – alles Haltbare entzog sich den sonst so einfältigen Füßen, die immer kindlich trampelnd Mehr und Weiter gefordert hatten. Wir torkelten ein paar Schritte. Wir liebten uns und drifteten auseinander. Die Fracht war ausgeladen und unnütz geworden. Komm, Bernita! Ewig deine Worte, dein Ziefzern und Träumen! Laß mich, befahl ich und ging in meine Richtung, besser: ich wankte davon, irgendwohin.

Eilig murmelte ich meinen Dank, um das Übel endlich abklingen zu lassen. Ich weiß nicht, ob mich jemand hörte; ich weiß auch nicht, wohin du gegangen bist.

Ich besaß das Messer. Ich konnte meine aufkommenden Träume zerstechen. Ich hatte dir alles weggenommen – doch du besaßt wieder die Träume! Dir war noch nie etwas genug gewesen.

Gib mir das Messer zurück, Bernita!

Dirzuliebe? Hast du noch einen Wunsch? Kannst du nicht aufhören? Wie du läufst. Träum nicht. Die Wagen rollen. Ich habe genug. Von dir. Ich, für meinen Fall, bin dankbar. Komm ruhig unter die Räder. Lustig schmettert das Horn.

ISBN 3-378-00598-X

1. Auflage 1997
© Gustav Kiepenheuer Verlag GmbH, Leipzig 1997
Einbandgestaltung Torsten Lemme
Satz LVD GmbH, Berlin
Druck und Binden Clausen & Bosse, Leck
Printed in Germany